AF196452

Rike Richstein, geboren 1995, lebt am Bodensee.
Mit ihren literarischen Arbeiten gewann sie mehrfach regionale Preise, darunter den »Kulturpreis Schwarzwald-Baar für Literatur und Drama«. Für die Arbeit an ihrem zweiten Roman »Die Farben des Sees« erhielt sie ein Stipendium vom »Förderkreis der Schriftsteller:innen in Baden-Württemberg«.

Rike Richstein

Herr Paul
oder die Unwahrscheinlichkeit
des Glücks

Für meine Familie

I

Herr Paul fuhr jeden Tag 96 Minuten mit dem Zug. 48 Minuten von der kleinen Stadt, in der er lebte, in die kleine Stadt, in der er arbeitete. Er tat dies seit 25 Jahren, an nicht ganz 365 Tagen im Jahr, denn die Urlaubs-, Feier- und Wochenendtage musste man ja abziehen. Trotzdem - das hatte Herr Paul zu seinem fünfundzwanzigjährigen Dienstjubiläum ausgerechnet, in seinem kleinen, regenwolkengrauen Notizbuch, in das er mit akkurater Schrift schrieb - kam er bestimmt schon auf 540.000 Minuten Zugfahrt in seinem Leben. Vielleicht sogar noch mehr. Bestimmt noch mehr.

An diesem Morgen wehte ihm der typische Geruch des Bahnhofs bereits auf dem Vorplatz entgegen. Er war beißend, doch zu vertraut, um bedrohlich zu wirken. Mit schnellen Schritten und gesenktem Kopf durchquerte er die Bahnhofshalle. Er brauchte schon lange nicht mehr nach vorne zu blicken, um zu wissen, wann die Tür zum

Bahnsteig kam. Mit einem kräftigen Stoß der rechten Hand schwang die Tür auf und Herr Paul trat auf den Bahnsteig. Er war noch nicht besonders voll.

Die Nachmittage trugen noch immer die Restwärme des Sommers in sich, doch die Morgen waren bereits erschreckend kühl und an manchen war den Bewohnern der kleinen Stadt, in der der Bahnhof lag, der Atem bereits in weißen Wolken vorausgeeilt.

Herr Paul vergrub seine kalte Nasenspitze für eine Weile im wollenen Ärmel seines Mantels. Der Zug hielt quietschend vor dem Bahnsteig. Nur eine Handvoll Menschen gingen auf die Türen zu und stiegen ein.

Im warmen Abteil zog Herr Paul seinen Mantel aus und legte ihn auf den Sitz neben sich, sehr darauf bedacht, seine Aktentasche, die bereits auf dem gleichen Sitz stand, nicht umzustoßen. Am anderen Ende des Abteils schälte sich in diesem Moment eine Frau aus ihrem leuchtend roten Mantel.

Herr Paul wandte seinen Blick ab und

beobachtete, wie der Bahnsteig mit seinem künstlichen, orangefarbenen Licht und den weißen Atemwolken der wartenden Menschen langsam aus dem Zugfenster verschwand. Der Tag hatte noch nicht ganz Besitz von der Welt dort draußen ergriffen und noch längst nicht alle Dunkelheit verscheucht.

Herr Paul starrte auf den Sitz ihm gegenüber. Gestern Morgen hatte dort ein junges Mädchen gesessen, das die ganze Fahrt über unfassbar traurig auf ein und dieselbe Seite in ihrem Buch gestarrt hatte. Er fragte sich gerade, ob sie heute wieder einsteigen würde, als der Zug mit einem leichten Ruck um eine Kurve fuhr.

Herr Paul lächelte und blickte aus dem Fenster. In dieser letzten Kurve vor der ersten Station seiner täglichen Reise stand ein schmales Haus mit verblichenen Fensterläden, in dem jeden Morgen im rechten, oberen Fenster das Licht anging. Herr Paul warf einen Blick auf seine Uhr. Für gewöhnlich war es 06:48 Uhr, wenn der Zug dieses Haus passierte. Meistens konnte er gerade dann aus dem Fenster sehen, wenn die Person in dem Haus den Lichtschalter betätigte, manchmal leuchtete ihm das Fenster auch bereits hell entgegen, wenn der Zug um die Kurve kam. Doch heute war das Fenster dunkel.

Das Fenster war dunkel. Er blinzelte. Er wartete auf den Moment, in dem irgendjemand den Lichtschalter betätigen würde. Das Fenster blieb dunkel. In Gedanken flehte er den Zug an, doch einen Moment innezuhalten, einen Moment stehen zu bleiben, damit er sehen konnte, wie das Licht anging. Der Zug ratterte weiter.

Herr Paul rang nach Luft. Er drehte den Kopf, fixierte das Fenster. Nichts zu machen. Es blieb dunkel. Der Zug schlich weiter und fuhr in den nächsten Bahnhof ein. Herr Paul begann zu zittern.

Warum war das Licht nicht angegangen? Der Bahnsteig war leer, doch hell erleuchtet. Warum war das Licht nicht angegangen? Herr

Paul nahm seinen Mantel und seine Aktentasche vom Sitz und stand auf. Die Frau mit dem roten Mantel blickte kurz auf, sah aber dann wieder auf ihre Hände, die in ihrem Schoß lagen.

Herr Paul ging zur Tür, sein Schritt beschleunigte sich und ehe er darüber nachdenken konnte, stand er auf dem verlassenen Bahnsteig und steuerte auf die Treppe der Unterführung zu. Neben ihm schlossen sich die Zugtüren mit einem leisen Klacken. Herrn Pauls Schritte wurden immer schneller. Durch das schnelle Gehen kam er ziemlich außer Atem, aber so verhinderte er darüber nachzudenken, was er hier eigentlich gerade tat.

Die Straße, die an den Schienen entlangführte, war ebenso leer wie der Bahnsteig und Herr Paul schlüpfte wieder in seinen Mantel, um die Kälte fernzuhalten. Bereits nach kurzer Zeit hatte er das schmale Haus erreicht. Das Fenster, in dem sonst immer das Licht angegangen war, lag auf der anderen

Seite und er konnte noch immer nicht ausmachen, ob es inzwischen leuchtete.

Neben der Tür war nur einer der beiden Klingelknöpfe beschriftet, auch wenn man von dem Namen nur noch ein großes »K« und ein »z« im hinteren Teil des Wortes erkennen konnte. Herr Paul drückte auf die Klingel. Das Schrillen klang fremd aus dem stillen Haus und Herr Paul zog hastig seine Hand zurück. Was genau tat er da eigentlich?

Ein paar Sekunden lang geschah nichts. Herr Paul blickte an der Fassade des alten Hauses hoch, begutachtete die Reste einer Kletterpflanze, die einmal in einem Kübel neben der Haustür gestanden haben musste, und stellte zu seinem Erstaunen fest, dass es eigentlich ein schönes Haus war, wenn man von manch verblichener Stelle und dem unvorteilhaften Licht der Straßenlaterne einmal absah.

Vielleicht war das der Grund, warum er erneut auf den Klingelknopf drückte, wenn auch nicht ganz so lange wie beim ersten Mal.

Wieder hielt das Schweigen an und Herr Paul wollte sich gerade umdrehen und gehen, als die Tür aufging.

II

Hinter der geöffneten Tür stand eine Frau. Vielleicht war sie der Jahrgang seiner verstorbenen Mutter, vielleicht ein bisschen älter. Sie lächelte ihn schief an und wartete offensichtlich darauf, dass er etwas sagte. Vielleicht erwartete sie auch eine Entschuldigung für sein frühes Stören. Herr Paul wollte gerade zu einem Satz ansetzen, doch er wusste nicht so genau, was er sagen sollte. Er konnte den Blick nicht von ihrer Hose und der Bluse lassen: Sie waren knallgelb und über und über mit Dackeln bedruckt. Nur ihre moosgrüne Strickjacke wollte nicht so richtig in das perfekt abgestimmte Bild passen.

»Guten Tag«, sagte die Frau endlich.
»Guten ... Tag«, stammelte Herr Paul. »Mein Name ist Paul, Herr Paul meine ich, also das ist mein Nachname, ich ... ich fahre jeden Morgen mit dem Zug an ihrem Fenster vorbei und ... ich wunderte mich, warum ... warum das Licht nicht anging an diesem Morgen. Ich hatte Sorge Ihnen könnte vielleicht ...

vielleicht etwas passiert sein oder Sie ...«

Er wusste nicht mehr, wie er den Satz hatte beenden wollen und brach ab.

Die alte Dame lächelte immer noch.

»Katz«, sagte sie. Und als Herr Paul ihre ausgestreckte Hand nicht ergriff, fügte sie hinzu: »Also das ist *mein* Nachname.«

Es entstand ein kurzes Schweigen, die Art von Schweigen, bei der zwei Menschen sich nicht wohl fühlen, aber auch nicht unwohl.

»Möchten Sie hereinkommen?«, fragte die Dame und deutete hinter sich. »Ich meine, das ist sehr nett, dass Sie extra nach mir sehen wollten. Wissen Sie, sonst schaut niemand nach mir, also wenn Sie ... wenn Sie einen Kaffee möchten?! Oder etwas anderes zum Frühstück?«

Herr Paul war sich schon wieder nicht sicher, was er sagen sollte. Was hatte er sich eigentlich dabei gedacht? Verstohlen warf er einen Blick auf seine Uhr. Wenn er den nächsten Zug nehmen würde, käme er zwar zu spät zur Arbeit, aber nicht so spät, dass er der Letzte sein würde. Der nächste Zug fuhr in einer knappen Stunde. Er musste ohnehin darauf warten.

Als Herr Paul wieder hochsah, blickte er in ein erwartungsvolles Gesicht.

»Ja, vielen Dank«, sagte er mit fester Stimme, »ich hätte gerne einen Kaffee.«

Dann folgte er Frau Katz durch den schmalen Flur in ihre Küche. Im Nu hatte sie einen zweiten Teller und eine zweite Tasse auf den Tisch gestellt, ein mit Dackeln bedrucktes Kissen auf den zweiten Stuhl gelegt und ihm Kaffee eingeschenkt.

»Wissen Sie, Sie haben Recht«, sagte sie, »heute Morgen war ich spät dran. Das ist mir seit Jahren nicht passiert. Aber gerade heute Morgen ist die Batterie meines Hörgerätes leer gewesen und ich musste in meiner Nachttischschublade erst noch die Ersatzpackung finden, ehe ich in die Küche gehen konnte.«

Herr Paul nickte. Deshalb also war das Licht ausgeblieben. Die Tasse schabte leise am Unterteller, als er sie anhob und vorsichtig, um sich nicht am frischen Inhalt zu verbrühen, einen Schluck nahm. Frau Katz schob eine Scheibe Brot und die Marmelade in seine Richtung.

»Sie haben sicher schon gefrühstückt, nicht wahr?«, sagte sie, als er zögerte.

»Nun ja«, Herr Paul zuckte mit den Schultern. Aus dem Nebenzimmer klang leise Radiomusik und Herr Paul sah erneut auf seine Uhr. In etwas mehr als 40 Minuten würde die nächste Bahn fahren.

»Ein zweites Frühstück hat noch niemandem geschadet«, lächelte er und zog die Brotscheibe auf seinen Teller.

Als Herr Paul endlich wieder im Zug Richtung Arbeit saß, zog er sein Notizbuch aus seiner Aktentasche und notierte mit schwarzem Stift auf Seite 54 (er hatte die Seiten zu Beginn eigenhändig nummeriert - wer bitte stellte eigentlich Notizbücher ohne Seitenzahlen her?): *Frau Katz mag Dackel.*

Er wusste nicht, ob diese Information jemals wieder von Relevanz sein würde, aber er hielt es für eine wichtige Erkenntnis des Vormittags. Inzwischen war das Zittern vom frühen Morgen verschwunden und Herr Paul fühlte sich beinah behaglich.

Der Zug schlich behutsam über eine für ihn erbaute Brücke und aus dem Kopfhörer seines Sitznachbarn klangen dumpfe Bässe, als Herrn Paul der Gedanke kam, dass er eigentlich fast nichts und niemanden zwischen den beiden Städten, in denen sich sein Leben abspielte, kannte. Er war jahrelang am Fenster der dackelliebenden Dame vorbeigefahren, ohne jemals zu wissen, dass sie Dackel mochte. Herr Paul fragte sich, warum sie keinen Dackel hatte. Vielleicht hatte er ihn nur nicht bemerkt oder aber ihre Knie taten ihr bereits zu weh, um ihn spazieren zu führen.

Er fragte sich, was er noch alles *nicht* wusste und stellte fest, dass es eine ganze Menge sein musste. Als der Zug an seinem Ziel hielt, versuchte Herr Paul all diese Fragen mit einem Kopfschütteln zu vertreiben und machte sich auf den Weg zur Arbeit.

Der Tag blieb ein wenig grau, der Himmel war wie aus Zinn, vom Wind geformt, und doch erinnerte Herrn Paul alles an die gelbe Dackel-Hose von Frau Katz. Keine der Damen in seinem Büro hatte jemals ein auch nur ansatzweise ähnliches Kleidungsstück getragen. Aber auch wenn er immer wieder damit beschäftigt war, diesen ungewöhnlichen Gedanken zur Seite zu schieben, war im Grunde alles wie immer. Nicht, dass das schlimm gewesen wäre. Herr Paul mochte seine Arbeit und er mochte auch, dass er sich im Grunde mit allem, was er tat, auskannte. Er mochte zwar auch die Dinge, die er nachsehen musste, die er neu lernen musste, aber vor allen Dingen mochte er das Gefühl, alles sei gut und richtig so und unter seiner Kontrolle. So wie sein ganzes Leben in den letzten Jahren.

Pünktlich, ein paar Minuten bevor der Zug am Abend zurück nach Hause fuhr, verließ Herr Paul das Büro, ein wenig beschwingt davon, dass er trotz seiner kleinen morgendlichen Verspätung all das geschafft hatte, was er heute hatte erledigen wollen, und ging die wenigen Meter zum Bahnhof.

Herr Paul ließ sich auf einen Platz gleich neben der Zugtür fallen, froh über die 48 Minuten, die ihn nach Hause bringen würden, und sah sich um. Auf dem Sitz ihm gegenüber saß ein Mann, der in einer Zeitschrift blätterte, die ihn aber nicht sonderlich zu interessieren schien, denn er blätterte die Seiten immer so schnell wieder um, dass er sie unmöglich ganz gelesen haben konnte.

Herr Paul zog sein Notizbuch aus der Tasche und spielte ein wenig an dem Bändchen herum, das die nächste freie Seite markierte. Dann schlug er es auf und las noch einmal, was er am Morgen notiert hatte:

Frau Katz mag Dackel.

Herr Paul schüttelte den Kopf. Was er alles nicht wusste. Er sah aus dem Fenster. Er kannte zum Beispiel den Mann nicht, der jeden Abend hier an der übernächsten Station einstieg, der fast immer ein Hemd trug, blaue besaß er am meisten. Er kannte nicht den Musiker, der so oft in der Eingangshalle des Bahnhofs seiner vierten Station spielte, meistens erst, wenn er auf dem Rückweg war. Er kannte nicht all die Kinder, die in den Kindergarten gingen und hinter dem Zaun auf dem Spielplatz spielten, wenn er daran vorbeifuhr.

Er kannte nicht die Arbeiter in der Fabrik, die immer ungefähr zur Hälfte seiner Fahrt in den Fenstern auftauchte, und er kannte nicht die Schaffnerin mit den roten Haaren, die ihn schon so häufig kontrolliert hatte.

Er kannte nicht die Leute in den Schrebergärten, die gerade an seinem Fenster vorbeizogen, und er hatte noch nie die Kapelle auf dem Hügel auf der anderen Seite der Schienen von innen gesehen, die man immer von der zweiten Station aus sehen konnte, solange der Zug im Bahnhof stand.

Herr Paul seufzte und drehte den Stift zwischen seinen Fingern. Der Mann hatte die Zeitschrift zur Seite gelegt und blickte nun ebenfalls aus dem Fenster. Ein junges

Mädchen lief gerade auf dem Bahnsteig mit fliegenden Schritten einem Jungen in die Arme und Herr Paul hätte gerne gewusst, ob sie sich wirklich schon so lange nicht mehr gesehen hatten, wie es den Anschein machte. Herr Paul fragte sich, wohin der Postbote eigentlich weiterfuhr, der immer morgens nach Station 5 vor der Schranke an den Schienen darauf wartete, dass der Zug durchfuhr, und wohin die Frau mit der roten Tasche unterwegs war, die jeden Morgen an Station 7 am Busbahnhof stand.

Der Mann ihm gegenüber stieg aus und ließ die Zeitschrift liegen. Herr Paul warf einen verstohlenen Blick darauf, entschied dann aber, dass »die schönsten Orte in Deutschlands Mitte« ihn ebenso wenig interessierten wie seinen enttäuschten Sitznachbarn, und öffnete sein Notizbuch.
Kapelle an Station 2, schrieb er. Und direkt darunter: *Kindergarten hinterm Zaun bei Station 3*. Dann wanderte sein Blick erneut zu *Frau Katz mag Dackel* und er fügte *Straßenmusiker in*

Station 4 sowie *Postbote an Schranke nach Station 5* und *rote Tasche am Busbahnhof, Station 7* hinzu. Dann nickte er zufrieden und klappte das Buch zu. Wenige Minuten später öffnete er es erneut und kritzelte *Mann mit blauen Hemden, Schaffnerin, Schrebergärten* und *Fabrikhalle* darunter.

Natürlich wusste er, dass die Stationen Namen hatten und er konnte ihre Abfolge im Schlaf aufsagen. Aber Herr Paul mochte auch die sanfte Kühle ordentlicher Nummerierungen. Er hatte die Stationen schon immer durchnummeriert, angefangen von seinem Wohnort aus. Auf dem Heimweg zählte er rückwärts. Wie ein Countdown. Die Station, an der er morgens aussteigen musste, war Nummer 10. Die, an der abends der Herr mit den blauen Hemden einstieg, Nummer 8. Nummer 9 nannte er manchmal auch die »vorletzte Station«, weil er das Wort so mochte und es von dort nicht mehr weit war, bis er aussteigen würde.

Er hielt kurz inne und setzte als letztes die Worte *Liebespaar, vorletzte Station* darunter, obwohl er nicht wusste, ob er die beiden, die sich gerade so in die Arme gefallen waren, jemals wieder dort am Bahnsteig sehen würde. Er setzte ein sorgfältig geschwungenes Fragezeichen dahinter. Herr Paul war hochzufrieden mit sich. Wenn man aufschreibt, was man alles nicht weiß und kennt, fühlt man sich schon ein bisschen mehr, als ob man es wüsste.

Zu Hause wartete seine Frau bereits mit dem Abendessen auf ihn. Frau Paul war eine gutmütige Dame, nur ein wenig jünger als er und wenn ihn jemand gefragt hätte, hätte er sie durchaus als seine große Liebe bezeichnet, denn er schätzte, was sie alles für ihn tat und wie viel gemeinsame Zeit sie bereits miteinander verbracht hatten.

Sie erzählte ihm beim Abendessen von den Sorgen ihrer Schwester und obwohl er ihr wirklich zuhören wollte, wanderten seine Gedanken immer wieder zu den Wörtern in seinem Notizbuch.

Es tat ihm ein bisschen leid, dass er ihr nicht

all seine Aufmerksamkeit widmete, und er hoffte, sie würde es nicht bemerken, doch Frau Paul kannte ihren Mann nun bereits fast fünfunddreißig Jahre und sie fuhr ihm behutsam über den Arm, als sie ihn fragte, ob alles in Ordnung sei.

Herr Paul winkte ab: »Aber natürlich, entschuldige, ich war nur gerade in Gedanken. Was meinte deine Schwester jetzt zu diesem Kerl?«

Der Abend legte sich friedlich über die Straße, in der die beiden wohnten, so wie der Abend es eigentlich immer tut, denn er kommt langsam und behutsam, als wolle er niemanden erschrecken mit seiner Dunkelheit. Nachdem Herr Paul seiner Frau geholfen hatte, das Geschirr vom Abendessen wieder in den Schränken zu verstauen, legte er seine Aktentasche an die gewohnte Stelle im Flur und gerade als er sich zum Gehen wenden wollte, entschied er sich um und zog das kleine Notizbuch aus seinem Fach.

Herr Paul schüttelte den Kopf, doch der Entschluss hatte sich bereits in seinen Gedanken eingenistet und ließ sich nicht so einfach vertreiben. Ohne erneut darüber nachzudenken, ging er zum Telefon und wählte die Nummer seines Büros. Ein paar wenige Kollegen waren manchmal auch noch sehr spät an ihren Schreibtischen, meistens die, die dafür später am Morgen kamen. Und auch wenn er insgeheim hoffte, dass das Büro vielleicht schon leer sein würde, weil er eigentlich nicht lügen wollte, wartete er mit angehaltenem Atem das Freizeichen in der Leitung ab.

Nach fünf Tönen meldete sich einer seiner Kollegen.

»Guten Abend, hier spricht Herr Paul«, sagte Herr Paul und versuchte nicht allzu seltsam zu klingen. »Es tut mir wahnsinnig leid, aber ...«, er hustete, »könnten Sie den anderen eine Nachricht hinterlassen, dass ich morgen nicht kommen kann? Ich ... ich fühle mich seit heute Mittag nicht besonders wohl.«

Er hustete erneut.

»Hoffentlich nichts Ernstes, Herr Paul«, hörte er seinen Kollegen besorgt am anderen Ende der Leitung.

»Nein, nein«, sagte Herr Paul und versuchte dabei möglichst schwach und bemitleidenswert zu klingen. Er vergewisserte sich mit einem Blick über die Schulter, dass seine Frau nicht auf einmal im Flur stand und sagte dann: »Ich gehe morgen zum Arzt, aber in einer Woche müsste ich wieder auf dem Damm sein. Vielen Dank. Und schönen Feierabend!«

Dann legte er auf.

III

Als Herr Paul am nächsten Tag den Bahnhof betrat, verfärbte sich der Himmel gerade in jenes Hellblau, das sich nur einmal am Tag für wenige Minuten zeigt, das zarte Blau des Morgens, das kühl und frisch wirkt und das viel zu schnell verfliegt.

Die Unterlagen, die er für gewöhnlich mit zur Arbeit nahm, hatte er in der obersten Schreibtischschublade zurückgelassen und in seiner dunklen Aktentasche lag nur sein kleines Notizbuch.

Bevor er den Zug bestieg, atmete Herr Paul einmal tief ein, schloss für einen Moment die Augen und stellte sich zum hundertsten Mal an diesem Morgen die Frage, ob er das, was er vorhatte, wirklich tun sollte. Die Frage hatte ihn die ganze Nacht gequält, sodass er sich von einer Seite auf die andere gewälzt hatte und auch beim Frühstück hatte er an nichts anderes gedacht. Aber nun war er hier, bereit für sein Abenteuer. Ein paar Schulkinder schubsten sich beim Besteigen des Zuges, eine Frau mit einem viel zu großen Rucksack und einem viel zu großen Hund versperrte für einige Augenblicke die Tür und dann stieg Herr Paul ein. Er stieg ein, wie er es bereits an unzähligen Morgen in seinem Leben getan hatte und doch fühlte es sich anders an. Erhabener irgendwie. Er, Herr Paul, hatte einen Entschluss gefasst.

Er hatte etwas vor.

Die Frau mit dem viel zu großen Rucksack und dem viel zu großen Hund versuchte gerade verzweifelt, ihr Gepäck in den dafür vorgesehenen Stauraum über ihrem Kopf zu verfrachten, als Herr Paul sich mit einem Seufzer auf einen Platz fallen ließ.

Ihm gegenüber saß ein junger Mann, der offensichtlich gerade etwas auswendig lernte, weil er immer wieder mit seiner Hand Teile seines Blattes verdeckte und etwas vor sich hin murmelte. Herr Paul versuchte auf das nach hinten umgeschlagene Deckblatt zu schielen, konnte aber nicht erkennen, um was es sich handelte.

Schon verrückt, dachte er sich, wie vielen Menschen man tagtäglich begegnet, die man nicht kennt. Die auch ein Leben haben. Einen Beruf, eine Familie, Freunde, Vorlieben und Abneigungen. Ob die Frau mit dem Rucksack und dem Hund, der inzwischen hechelnd im Gang lag, Zitroneneis mochte? Oder Vivaldi? Ob sie einen Garten hatte? Und wen würde der junge Mann wohl zu seinem nächsten Geburtstag einladen? Und würden diese Menschen kommen?

Herr Paul drehte den Kopf zum Fenster und betrachtete die Landschaft. Abgemähte Felder und Teile eines Flusslaufes blitzten auf, verschwanden hinter einem Stück Wald und waren nur noch in der Ferne zu erkennen.

»Dann geh doch«, flüsterte der junge Mann, machte eine Pause und fuhr fort: »Ich brauche dich nicht!« Vielleicht war es der Text für ein Theaterstück.

Herr Paul begann zu überlegen, ob der Mann

diese Worte wohl auch schon einmal im echten Leben zu jemandem gesagt hatte. Der Mann blätterte um. Wann wohl die Premiere sein würde? Und wo? Herr Paul sah wieder zum Fenster. Hinter der nächsten Kurve würde gleich das Haus auftauchen. Langsam quietschend nahm der Zug die Kurve, Herr Paul drehte seinen Kopf, suchte nach dem Fenster. Das Licht war bereits an. Und hinter der vorgeschobenen Gardine winkte Frau Katz ihm zu. Herr Paul nickte zurück, nicht sicher, ob sie ihn gesehen hatte, aber hochzufrieden. Es würde ein guter Tag werden.

An der zweiten Station stieg er aus. Er musste einen großen Schritt über den Hund machen und tat die Entschuldigung seiner Besitzerin mit einem Winken ab, dann trat er aus der Tür und setzte bedächtig seinen Fuß auf den Bahnsteig. Vertraut war er, obwohl er ihn noch nie betreten hatte, und wie fast alles auf seiner Strecke nicht besonders groß. Hinter ihm schlossen sich mit leisem Klacken die

Türen und der Zug schob sich aus dem Bahnhof. Für einen kurzen Moment wünschte sich Herr Paul, er wäre nicht ausgestiegen und könnte weiter auf seinem Sitzplatz dem jungen Mann beim Textlernen zusehen, sich ausmalen, wo er hinfuhr, und sich in der vertrauten Geborgenheit gewohnter Abläufe zurücklehnen, bis er an seinem Arbeitsplatz angekommen war, aber dann schüttelte er den Kopf. Er war ausgestiegen und das war gut so.

Herr Paul sah auf die andere Seite der Schienen. Auf dem sanften Hügel lächelte ihm die kleine Kapelle entgegen. Er würde ein gutes Stück laufen müssen, bis er sie erreichen würde, aber er hatte ja den ganzen Tag Zeit.

Die schmale Straße führte ihn durch den Ort, vorbei an Plakaten eines Zirkus, eines Konzerts und dem Hinweis auf ein Feuerwehrfest. Am Ende des Ortes gab es einen kleinen Brunnen auf einem schattigen Platz, der sich zwischen zwei alten Häusern duckte und über den eine Katze strich. Ihr

Fell war stumpf und sie erinnerte Herrn Paul an vergangene Tage.

Als er das Dorf passiert hatte, blieb er zum ersten Mal stehen, um kurz zu verschnaufen, warf einen Blick zurück und suchte nach den Schienen, doch die Häuser waren noch zu dicht.

Nach drei Kurven blieb er erneut stehen, schirmte mit der rechten Hand die Augen gegen die Sonne ab und stellte mit Erleichterung fest, dass die Kapelle bereits etwas näher an ihn herangerückt war. Beschwingt setzte er seinen Weg fort und als er das nächste Mal stoppte, hatte er sein Ziel bereits erreicht. Die Mauern strömten den typischen Geruch alter Steine aus, dem eine Mischung aus feuchtem Moos, klarer Kühle und alter Zeit zugrunde lag. Herr Paul fuhr behutsam mit den Fingerspitzen am Putz neben der Tür entlang, atmete den Geruch tief ein, der ihm aus so vielen Tagen seiner Kindheit vertraut war, und öffnete die Tür. Der Innenraum war ein wenig kleiner, als er sich ihn vorgestellt hatte, aber das hatte diverse Besucher nicht davon abgehalten, so viele Heiligenbilder, Kerzen, Rosenkränze und allerhand anderen Kram darin zu hinterlassen, als sei dies mindestens der Petersdom in Rom.

Nicht dass Herr Paul schon einmal dort gewesen wäre, aber er stellte sich vor, dass es eine ziemlich große und beeindruckende Kirche sein müsste. Also das komplette Gegenteil des Gebäudes, in dem er gerade stand.

Herr Paul war in seinem Leben nicht in vielen verschiedenen Kirchen gewesen, aber er erinnerte sich an die regelmäßigen Besuche bei seiner Großmutter und die große Kirche in der kleinen Stadt, die er stets beein-druckend und einschüchternd zugleich gefunden hatte.

Doch diese Kapelle sah aus, als hätte selbst der liebe Gott sie längst vergessen. Alles war von einer sanften Staubschicht überzogen und in der rechten Fenstervertiefung stand ein vertrockneter Strauß Blumen. Der

Gedanke, dass er in den letzten fünfundzwanzig Jahren Tag für Tag an diesem Ort vorbeigefahren war, ohne ihn jemals wirklich gesehen zu haben, machte ihn nachdenklich.

Die alten Holzbänke hatten ihre Farbe verloren und Herr Paul entdeckte einige eingeritzte Namen und unbeholfene Zeichen. Die Stille in dem schmalen Raum konnte man beinah fühlen und er war sich nicht sicher, ob er das angenehm finden sollte.
Er betrachtete eine ganze Weile das düstere Bild am Ende der Kirche. Es wirkte auf eine seltsame Art und Weise zugleich bedrohlich und beruhigend auf ihn. Bedrohlich, da die Kreuzigungsszene in aller Brutalität dargestellt war, das schmerzverzerrte Gesicht am Kreuz und das viele Blut ließen ihn wegsehen. Und doch war es beruhigend, die Darstellung war ihm unendlich vertraut und ähnelte denen, die er im Laufe seines nicht allzu kurzen Lebens bisher zu Gesicht bekommen hatte. Selten war etwas Überraschendes in Kreuzigungsdarstellungen.

Durch die dicken Mauern der Kapelle hörte er dumpf das Geräusch eines vorbeifahrenden Autos. Als das Brummen in der Ferne verschwand, war ihm, als zwitscherten die Vögel noch lauter als zuvor. Herr Paul sah sich unschlüssig in der Kapelle um. Und obwohl er sich nicht sicher war, ob er an einen Gott glaubte, machte er eine ehrfürchtige Verneigung vor den bunten Glasfenstern, bevor er sich auf den Rückweg machte.

Kirchen erinnerten ihn immer ein bisschen an Friedhöfe. Mit einem kurzen Schmunzeln musste er daran denken, wie er als Schuljunge mit seinen Freunden beim örtlichen Bestatter nachgefragt hatte, ob sie in seinen Särgen einmal probeliegen dürften. Wenn man erst einmal tot war, bemerke man schließlich gar nicht mehr, wie sich das anfühle. Er wusste auch noch, dass es sich gar nicht so befremdlich angefühlt hatte, wie er zuerst erwartet hatte.

Er wollte nicht sterben. Natürlich nicht. Wer wollte das schon? Aber - und auf dieses Gefühl war Herr Paul fast ein bisschen stolz - wenn er jetzt und hier sterben würde, dann hatte er doch zumindest bis jetzt ein sehr schönes Leben geführt.

Trotzdem, der Tod war etwas Komisches. Während wir leben, dachte er, denken wir nicht an den Tod oder stellen ihn uns glorreich oder friedlich vor. Wir sagen »bis zu dem Tag, an dem ich sterbe« oder »bis dass der Tod uns scheidet« oder »wenn ich sterbe«. Kein Tod war glorreich oder friedlich, kein Tod war schön. Aber das Leben ist so groß, dass es uns vergessen lässt, wie es endet. Herr Paul war sich nicht sicher, ob er an ein Leben nach dem Tod glaubte.

Den Tag verbrachte Herr Paul damit, noch ein wenig spazieren zu gehen. Man konnte ja nie wissen, wie lange die Sonne noch diese wärmende Kraft besitzen würde und da war es besser, es auszunutzen, solange es noch ging. Er ging eine Weile am Waldrand entlang, bis die Kapelle hinter einer Kurve verschwunden war. Dann machte der Weg einen Knick und führte in einem Bogen zurück in den Ort, streifte den Schulhof der örtlichen Grundschule und gab erneut den Blick auf die Schienen der Zugstrecke frei.

Er war schon lange nicht mehr so früh zu Hause gewesen wie an diesem Tag. Frau Paul wunderte sich nur ein wenig. Sie fragte ihn, wie es heute im Büro gewesen war und er log ein bisschen, weil er Angst hatte, dass sie ihn sonst für verrückt erklären würde. Er wollte doch, dass sie ihn für den hielt, der er war.
Sie freute sich, als er ihr beim Kochen half und lachte darüber, wie er den Radio-moderator nachahmte (das konnte er ziemlich gut) und er durfte sich einen Nach-tisch wünschen. Herr Paul wünschte sich Schokoladencreme mit Himbeeren. Wie immer.

IV

Als Herr Paul am nächsten Morgen im Zug saß, wollte ihm das Kreuzigungsbild aus der Kapelle noch immer nicht aus dem Kopf. Der Zug hielt im zweiten Bahnhof und er blickte aus dem Fenster den Weg entlang, den er gestern gegangen war, und versuchte, die Kühle und Stille der Kapelle wieder auf der Haut zu spüren. Es gelang ihm fast.
Er hatte sich extra ans Fenster gesetzt, um möglichst lange auf die Kapelle blicken zu können. Klein und weiß lag sie in der Ferne vor dem Waldrand. Als der Zug wieder anfuhr, reckte er den Kopf, doch viel zu schnell war sie aus seinem Sichtfeld verschwunden.

Herr Paul beobachtete die Leute, die in den Sitzreihen vor und hinter ihm saßen. Er hatte einen späteren Zug genommen als sonst und der Waggon war wesentlich leerer, als er es gewohnt war. Die Schulkinder fehlten und alle, die sonst an einem Freitagmorgen früh zur Arbeit fuhren. Ihm gegenüber saß eine etwas zu stark geschminkte Frau. Sie hielt einen Thermosbecher in der einen Hand, in der anderen ihr Handy. Ihr Pullover war blau. Autobahnschildblau. Jener künstliche Blauton, der in der Natur nicht vorzukommen schien, den er aber trotzdem irgendwie mochte. Nicht dass Herr Paul in seinem Leben viel Auto gefahren wäre. Lange Zeit hatten sie gar keines besessen. Aber manchmal waren sie über die Autobahn in den Urlaub gefahren, an ein fernes Meer.

Am Fenster auf der anderen Gangseite saßen zwei junge Männer im Trainingsanzug, die sich mit gedämpften Stimmen unterhielten. Dahinter versuchte gerade eine Frau, die nur ein wenig jünger war als er, zwei gigantische Koffer, an denen noch die Aufkleber einer Fluggesellschaft hingen, in die Gepäckablage zu hieven. Ihr Begleiter kam ihr zu Hilfe. Sie lachten. Herr Paul musste auch lächeln.
Ein wenig verrückt kam ihm der Gedanke an die Liste in seinem Notizbuch noch immer vor, aber das Gefühl, hinter *Kapelle an Station*

2 einen Haken setzen zu können, hatte ihm gestern Abend so sehr gefallen, dass er beschlossen hatte, sich heute unbedingt *Kindergarten hinterm Zaun bei Station 3* anzusehen.

Station 3 gehörte zu einer kleinen Stadt, die ihren Namen einem kleinen See verdankte, der direkt neben ihr lag. Man konnte den See nicht vom Zug aus sehen, aber Herr Paul war früher manchmal im Sommer dort gewesen, als seine Söhne noch kleiner gewesen waren. Einer der beiden hatte dort schwimmen gelernt. Gerade passierte der Zug den Zaun, hinter dem der Kindergarten lag. Der Schaffner sagte die nächste Haltestelle an und Herr Paul machte sich ans Aussteigen.
Die Strecke vom Bahnhof zum Kindergarten war etwas weiter, als er erwartet hatte, aber er fand ihn auf Anhieb. Die Kinder liefen durch den Garten, die meisten eingepackt in leuchtende Pullover. Für kurze Ärmel war es fast schon zu kühl geworden.
Auf zwei Bänken unter den Bäumen in

Hausnähe saßen zwei Erzieherinnen. Eine band gerade ihren dunklen Pferdeschwanz zusammen, die andere redete mit zwei Kindern, die ihr die allerersten Herbstblätter in die Hände legten. Herr Paul lächelte beim Anblick des Klettergerüstes in Schiffsform und erinnerte sich daran, wie oft seine Kinder gespielt hatten, das Sofa sei ein Schiff.

Er trat einen Schritt näher und kniete sich vor den Zaun.

»Was spielt ihr denn Schönes?«, fragte er behutsam.

»Wir segeln um die ganze Welt«, sagte der kleine Junge, der dem Zaun am nächsten stand. »Manchmal müssen wir aufpassen, dann kommen nämlich Piraten.«

Herr Paul lächelte. »Wie alt bist du denn?«, fragte er.

»Ich bin schon vier«, sagte der Junge und versuchte, die Zahl mit seinen Fingern zu verdeutlichen, da bemerkte Herr Paul, dass die junge Frau mit dem dunklen Pferdeschwanz beunruhigt in seine Richtung sah.

Herr Paul wurde unwohl zumute. Jetzt kam die Frau mit schnellen Schritten auf sie zu.

»Hey!«, rief sie, »Hey, was soll das?! Lassen Sie gefälligst die Kinder in Ruhe!« Sie rannte fast. Herr Paul schrak hoch und wich vom Zaun zurück. Die Frau hatte den Jungen weggezogen und deutete gerade Richtung Sandkasten. Der Junge trabte brav in die gezeigte Richtung.

»Was fällt Ihnen ein, hier die Kinder zu belästigen?« Die Frau baute sich vor ihm auf der anderen Seite des Zaunes auf.

»Ich ... ich wollte mich nur unterhalten«, stammelte Herr Paul.

»Ja«, lachte die Frau verächtlich, »das kennt man ja. Machen Sie, dass Sie hier wegkommen, oder ich rufe die Polizei. Die können ja dann feststellen, ob alte Männer allein in der Nähe von Kindergärten und Schulen sich wirklich nur unterhalten wollen.« Herr Paul hob beschwichtigend die Hände.

»Nein«, versuchte er anzusetzen, »um Himmels Willen, nein. Ich bin nur gerade dabei endlich ... wissen Sie, ich fahre seit fünfundzwanzig Jahren die gleiche Strecke mit dem Zug und ich wollte endlich einmal ...«

»Wissen Sie was? Das interessiert mich nicht!«, schnaubte die Frau und wandte sich zum Gehen. Herr Paul ging mit hängenden Schultern zurück zum Bahnhof.

Er musste mehrere Stunden auf die Bahn nach Hause warten, auch um nicht viel zu früh zu sein (er wollte nicht, dass seine Frau sich wunderte) und verfluchte die unbequemen Gittersitze am Bahnsteig und das langweilige Buch, mit dem er sich die Zeit vertreiben wollte.

Eigentlich konnte er es niemandem übel nehmen. Weder den Sitzen noch der jungen Kindergärtnerin.

Trotzdem war Herr Paul ein wenig niedergeschlagen. Er hatte nicht daran gedacht, dass die meisten Menschen ihn vielleicht gar nicht kennenlernen wollten.

Wer war er schon? Er war nicht mehr jung und auch sonst nicht irgendwie besonders.

Sein Leben war eingerichtet, er fuhr jeden Tag zur Arbeit, er verbrachte die Abende und Wochenenden mit seiner Frau. Manchmal kamen seine Söhne zu Besuch und erzählten von den letzten Wochen. Er hatte Freunde und Kollegen. Er fuhr in den Urlaub und ging zum Kegeln. Und er sah sich die Nachrichten an, schüttelte, seit er denken konnte, den Kopf über die Lage der Welt, um sie dann doch wieder zu vergessen. Warum sollte ihn jemand kennenlernen wollen?

Herr Paul zog sein Notizbuch aus der Tasche hervor und blätterte lustlos darin herum. Der Zug fuhr schnaubend ein. Froh über einen Sitzplatzwechsel stieg Herr Paul ein und nahm neben der Tür Platz. Und überhaupt. Wie entschied er eigentlich, was auf seine Liste kam? Er würde niemals all die Menschen kennenlernen, die er jeden Tag sah. Es war eine Auswahl, willkürlich getroffen und vollkommen ... Ja, was hatte er sich dabei gedacht? Was tat er da eigentlich? Er sollte jetzt nach Hause fahren, im Büro anrufen, dass er am Montag wieder kommen würde und die ganze Geschichte vergessen. Ja, das sollte er tun. Der Gedanke begleitete ihn und den Zug durch die Landschaft.

Mit halbem Ohr hörte er irgendwann ein »die Zugestiegenen die Fahrscheine bitte« vom anderen Ende des Waggons. Herr Paul kramte in seiner Hosentasche nach seiner Geldbörse und nahm die blaugrün schimmernde Dauerkarte heraus. Das Notizbuch lag noch immer auf seinem Schoß. Es war eine seltsame Idee gewesen. Vorsichtig strich er mit den Fingern über die Seite. Die Wörter *Mann mit blauen Hemden, Schaffnerin, Schrebergärten* und *Fabrikhalle* waren etwas krakelig geworden. Die Schaffnerin kam näher. Er reichte ihr stumm seine Monatskarte. Sie blickte routiniert auf das Ablaufdatum, nickte dann und reichte sie ihm mit einem Lächeln zurück. Dann wandte sie sich an seinen Sitznachbarn auf der anderen Seite des Ganges. Sie war vielleicht im Alter seines ältesten Sohnes und meistens sehr freundlich. Sie machte einen Schritt weiter durch den Flur zum Ende des Waggons.

Als sie schließlich die Tür zum nächsten Abteil öffnete, wagte er es doch: »Entschuldigung, darf ich Sie noch etwas fragen?«
Sie drehte sich nicht um. Herr Paul verzog enttäuscht die Mundwinkel. Vermutlich hatte sie ihn gar nicht gehört. Ja, was hatte er sich dabei gedacht?
Er würde am Montag wieder arbeiten gehen. Der Vollständigkeit halber quetschte er noch die Wörter *mit den roten Haaren* neben das Wort *Schaffnerin* und klappte das Buch trotzdem wieder zu. Langsam ließ er es in seine Tasche gleiten. Die übernächste Station war seine.

Herr Paul sah aus dem Fenster. Er saß auf der falschen Seite, um das Haus von Frau Katz nachher zu sehen. Er seufzte.
Die Sonne hatte mit ein paar Schäfchenwolken zu kämpfen und strengte sich vergeblich an, zum Ende des Sommers

der Welt zu beweisen, welche Kraft sie besaß.

Kurz vor seiner Station, gerade als der Flusslauf aus dem Wald auftauchte, hörte er Schritte auf dem Gang und ein »So jetzt, entschuldigen Sie, was wollten Sie mich eben fragen? Sie müssen ja gleich raus, oder? Sie steigen doch immer hier aus.«

Herr Paul versuchte, seine Überraschung zu verbergen und sah einen Moment verdutzt in das Gesicht der Schaffnerin. Dann nahm er all seinen Mut zusammen: »Wie heißen Sie eigentlich?«

Die Frau sah ihn etwas verwundert an, dann lächelte sie.

»Elena«, sagte sie, »ich heiße Elena Schermann.«

Er nickte: »Und wo kommen Sie her?«

»Ein Ort hinter Ihrem«, lächelte sie.

Er hatte wohl wieder etwas irritiert geschaut, denn Sie beeilte sich zu sagen: »Wissen Sie, ich kenne Sie. Sie steigen montags bis freitags immer im gleichen Ort in den 06:45 Uhr-Zug ein und abends wieder aus und das schon seit ich hier arbeite. Daher dachte ich, dass Sie dort auch herkommen müssen. Freitags sind sie etwas früher dran, wahrscheinlich können Sie da früher aus dem Büro.«

Sie strich sich eine Strähne ihrer roten Locken aus dem Gesicht und friemelte sie zurück in den Pferdeschwanz. »Sie heißen Paul mit Nachnamen, denn das steht auf Ihrer Monatskarte. Eigentlich ist es nur fair, wenn Sie auch endlich wissen, wie ich heiße.« Mit diesen Worten schob sie sich an einem großen Koffer vorbei den Gang entlang.

»Bis nächste Woche, Herr Paul«, rief sie noch und ging wieder ans hintere Ende des Zuges.

Herr Paul lächelte. Elena Schermann. Die rothaarige Schaffnerin hatte einen Namen. Was für verrückte Gedanken er hatte. Natürlich hatte sie einen Namen! Aber jetzt kannte er ihn! Und sie kannte seinen. Irgendwie war es schön, wenn einen jemand kannte.

V

Nach dem Wochenende kam der Regen zurück. Leise zunächst schlich er vom Dach des Zuges zu den Scheiben herab, dann wurde er immer heftiger.

Herr Paul sah durch die Rinnsale auf der Scheibe Wolken, die sich in der Ferne wie Gebirge auftürmten. Einmal war er mit seiner Frau in der Schweiz mit dem Zug unterwegs gewesen und er erinnerte sich noch gut, dass er damals die beeindruckenden Bergketten in der Ferne zuerst für Wolken gehalten hatte, aber je mehr der Zug sich näherte, desto schroffer und grauer waren die Felswände geworden und Herr Paul hatte mit staunenden Augen aus dem Fenster gesehen und sich gewundert, dass es solche Erhabenheit auf der Welt geben konnte.

Er beobachtete, wie kleine Tropfen sich zu größeren zusammenschlossen und wenn sie schwer genug waren, rannen sie eine Spur aus winzigen Tröpfchen hinterlassend die Scheibe hinunter. Es erinnerte ihn ein bisschen an das Gesicht von jemandem, der stumme Tränen weinte.

Das Wochenende war furchtbar gewesen. Normalerweise genoss er die ruhigen Tage, an denen er nicht ins Büro zu fahren brauchte. Er mochte es, mit seiner Frau im Garten zu sitzen, er mochte es, wenn seine Söhne zu Besuch kamen und von all den Dingen erzählten, an denen ihre Eltern nicht mehr teilhaben konnten. Noch viel mehr mochte er es, abends gemeinsam mit seiner Frau im Bett liegend, leise flüsternd zu erraten, was ihre Söhne wohl alles nicht erzählten, und er liebte es, am Wochenende endlich einmal Zeit für seine Bücher zu haben.

Aber dieses Wochenende, obwohl es viele dieser schönen Dinge beinhaltet hatte, hatte er zu oft unruhig auf sein Notizbuch geschielt, begierig, seine Reise fortzusetzen.

Er konnte sich selbst nicht erklären, warum er seine Frau nicht ins Vertrauen zog, sie hätte ihn sicher am Sonntag zu einem Ausflug Richtung Station 4 begleitet. Aber aus irgendwelchen unerfindlichen Gründen musste er alles für sich behalten. Er hatte Angst, sie würde es nicht verstehen oder ihn davon abhalten. Gerade wo er doch beschlossen hatte, in dieser Woche auf jeden Fall die ganze Liste abzuarbeiten.

Station 4 war die größte Stadt, die der Zug auf seiner allmorgendlichen Strecke passierte. Unsicher schob Herr Paul sich durch die großen Gruppen von Pendlern am Bahnsteig. Schüler, Männer mit Aktentaschen, vereinzelt Menschen mit sehr viel Gepäck, Regenschirme. Am Eingang der Bahnhofshalle standen zwei Polizisten, von denen der eine Herr Paul vage bekannt vorkam. Er kramte in seinem Gedächtnis nach dem Gesicht. Wenn er richtig lag, dann hatte der Polizist schon ein paar Mal mit ihm im Zug gesessen. Er war relativ jung, noch keine dreißig, schätzte Herr Paul, und scherzte gerade mit seinem Kollegen. Der sagte etwas, woraufhin sich der Erste kopfschüttelnd die Mütze auf den dunklen Haaren zurechtrückte und dabei breit grinste. Herr Paul grüßte freundlich, als er die Tür zur Bahnhofshalle öffnete, und bekam ein synchrones Nicken und Lächeln zur Antwort.

Er wusste, dass der Straßenmusiker meistens erst auf seinem Rückweg in der Bahnhofshalle saß. Er war viel zu früh dran. Am Morgen hatte er deshalb schon Frau Katz besuchen wollen, aber sie war nicht da gewesen und so hatte er ihr nur einen Zettel hinterlassen. Jetzt hieß es also warten. Herr Paul hatte sich ein Buch mitgenommen und ließ sich in einen gelben Korbstuhl des Cafés in der Bahnhofshalle fallen. Es lag direkt unter den dreieckigen Lichtschächten, auf die der Regen fiel und die heute nur den Blick auf graue Wolken freigaben. Gegenüber standen zwei Fotoautomaten und Herr Paul fragte sich, ob so etwas heutzutage überhaupt noch jemand benutzte.

Gerade liefen zwei Kinder vorbei, die sich Mühe gaben, nicht auf die Fugen der Pflastersteine auf dem Boden zu treten. Sie waren so jung, dass in ihren Augen noch

Hoffnung glänzte. Behutsam setzten sie ihre Fußspitzen nebeneinander. Herr Paul fragte sich, warum alle Kinder der Welt dieses Spiel spielten, ohne dass es ihnen jemand gezeigt hätte, und schlug sein Buch auf.

Er hatte bereits zwei Tassen Kaffee und drei Gläser Orangensaft sowie einen Mohnstreusel hinter sich, als er Musik hörte. Herr Paul blickte auf. Neben den Fotoautomaten, in schräger Blickrichtung zu den Türen, die aufs Gleis führten, saß er. Die Haare waren wie immer etwas zerzaust und vor seinen Füßen lag der offene Gitarrenkoffer.

Herr Paul klappte sein Buch zu. Er hatte ihn noch nie spielen hören. Er hatte immer nur durch die schmutzigen Fensterscheiben seines Zuges und die Glastüren in die Bahnhofshalle geblickt und ihn dort sitzen sehen. Herr Paul war sich nicht sicher, ob ihm gefiel, was er da hörte. Viele der Lieder kannte er zwar, aber er mochte sie nicht besonders. Gerade als er darüber nachdachte, jetzt aufzustehen und nach Hause zu fahren, da er ja jetzt wusste, wie der Gitarrenspieler klang, horchte er auf.

Wie war die letzte Liedzeile gewesen? Herr Paul winkte dem Kellner und bezahlte. Dann griff er nach seiner Tasche und stellte sich näher an die Fotoautomaten. Er kannte das Lied nicht, aber der Text gefiel ihm. Als das Lied zu Ende war, bemerkte der Gitarrenspieler ihn und lächelte ihn an. Außer ihm war niemand der Vorbeigehenden stehen geblieben oder hatte dem Lied Beachtung geschenkt. Herr Paul hatte das Gefühl, etwas sagen zu müssen, das erklärte, warum er stehen geblieben war.

»Das ... das ist ein schönes Lied«, sagte Herr Paul, »den Text ... den Text muss ich mir merken. Wissen Sie, ich bin nur nicht so gut darin, mir Dinge zu merken. Ich ...«

Er hielt inne.

»Ich schreib es mir am besten auf, wissen Sie.« Der junge Mann lächelte immer noch. Herr Paul versuchte, sein Notizbuch zu greifen.

»Wissen Sie, ich hab ihn mir auch aufgeschrieben«, sagte der Musiker und legte seine Gitarre zur Seite, behutsam, als sei sie etwas sehr Zerbrechliches.

Er streckte Herrn Paul einen Stift entgegen. Herr Paul zögerte. Aber er hatte schon Mühe gehabt, das Notizbuch aus der Tasche zu fischen, wer wusste schon, wie lange er nun brauchen würde, um seinen Stift zu finden. Er griff nach dem Stift in der Hand des Mannes, zog behutsam den Deckel ab und begann zu schreiben, als der Mann zu diktieren begann.

Kaum hatte er den Stift aufgesetzt, zog er seine Hand zurück.

Ein orangener Schnörkel leuchtete auf dem matten Papier. Erschrocken über den Kontrast der orangenen Farbe neben dem Schwarz, nahm er die Hand nach unten. Der Mann stoppte. »Was ist, schreibt er nicht mehr?«, fragte er.

»Äh ... nein, nein ... alles in Ordnung.« Herr Paul schluckte. Und schrieb tapfer weiter. Als zwei Seiten mit Orange gefüllt waren, steckte er sorgfältig den Deckel zurück auf den Stift und hielt ihn Richtung Gitarre.

»Ach«, der junge Mann winkte ab, »behalten Sie ihn.«

Herr Paul lächelte stumm, hob noch einmal den Stift zum Dank und ging durch die Bahnhofshalle zum Gleis.

Der Zug war voll. Er hatte keinen Platz mehr gefunden, an dem er die Füße ausstrecken konnte, sondern saß eingeklemmt zwischen einer Studentengruppe. Sie redeten über einen ihrer Professoren und das letzte Sommerfest, sie lachten und gestikulierten und Herr Paul versuchte das Stimmenwirrwarr auszublenden, legte das Notizbuch und den neuen Stift auf seinen Schoß und kramte erneut vergeblich nach dem Kugelschreiber in seiner Tasche. Er wollte einen Haken hinter *Straßenmusiker in Station 4* setzen.

Der orangene Stift war etwas breiter als sein eigener Kugelschreiber und rollte von seinem Schoß. Der blonde Student ihm gegenüber fuhr sich gerade mit der Hand durch die Haare, unterbrach die Bewegung und bückte sich dann, um den Stift aufzuheben. Herr Paul bedankte sich. Der junge Mann lächelte. Herrn Paul fiel auf, dass sogar seine Wimpern sandfarben waren und das Blau seiner Turnschuhe ungefähr den Farbton seiner Augen traf. Dann sah er wieder auf sein Notizbuch. Es widerstrebte ihm, in die Ordnung seiner Liste einen orangenen Haken zu setzen, und so verstaute er den Stift in seiner Tasche.

Drei Haken waren bereits unter seinem ersten Aufschrieb auf Seite 54: *Frau Katz mag Dackel*. Er blätterte ein wenig zurück. Listen und Überlegungen, Abmessungen und Pläne fürs Wochenende. Das Büchlein war erst halb voll und die vorderen Seiten wellten sich ein wenig. Auf Seite 55 und 56 stand in orangener Schrift der Liedtext. Herr Paul strich mit dem Finger über die Zeilen.

Draußen vor dem Zugfenster regnete es immer noch. Einer der Studenten stand auf und schwang sich den Rucksack über die Schulter. Er trug Bart und einen dunklen Kapuzenpullover mit weißen Bändeln. Dann griff er nach dem Skateboard, das neben ihm auf dem Sitz gelegen hatte.

»Bei dem Wetter hätte ich das Board echt zu Hause lassen können«, sagte er mit einem Blick auf seinen Nebensitzer, der gerade mit einem Zipfel seines T-Shirts seine Brille von den Flecken getrockneter Regentropfen befreien wollte. Die Antwort war eine Mischung aus Lächeln und Schulterzucken. Ein Teil der Gruppe stieg aus. Herr Paul sah ihnen noch eine Weile nach, wie sie ihre Kapuzen aufzogen und auf den Bahnsteig traten. Das Skateboard würde nass werden.

Herr Paul packte das Notizbuch ein.

Eigentlich gefiel ihm das Orange.

VI

Für den Dienstag hatte Herr Paul sich am Abend zuvor einen genauen Plan zurechtgelegt. Er wollte heute den Postboten treffen, der morgens immer mit dem Fahrrad an der Bahnübergangsschranke zwischen Station 5 und Station 6 wartete, und dafür musste er schnell sein. Schließlich würde der Postbote nur so lange dort stehen, bis der Zug durchgefahren war und die Schranke sich wieder öffnen würde.

Glücklicherweise war es keine besonders weite Entfernung bis zur Schranke und der Zug hatte, wie in vielen anderen Bahnhöfen auch, ein oder zwei Minuten Aufenthalt, bevor er weiterfuhr. Trotzdem stellte sich Herr Paul bereits einige Minuten vor der Ankunft in Station 5 an die Tür, um den Zug schnellstmöglich verlassen zu können.

Es war zwar schon fast hell, aber über den Feldern und Wiesen entlang der Zugstrecke hing noch ein tiefer Nebel, der den Morgen in eine eigenartige Stimmung tauchte. Am Waldrand kurz vor Station 5 konnte man im

Winter am frühen Morgen manchmal Rehe stehen sehen, aber heute konnte Herr Paul nicht einmal den Waldrand ausmachen. Die anderen Reisenden in seinem Waggon hatten sich hinter dicken Schals und Jacken verschanzt, die meisten sahen auf ihr Handy oder hatten die Augen geschlossen. Morgens war es im Zug immer ruhiger als an den Nachmittagen. Genau wie an den Bahnsteigen.

Der Zug hielt und Herr Paul ging mit schnellen Schritten durch die Unterführung am Bahnhofsgebäude vorbei zur nächsten Straßenkreuzung.

Der Nebel legte sich in feinen Tröpfchen auf den Kragen seines Tweedsakkos, das unter dem Mantel hervor lugte, und er versuchte sich an das wohlige Gefühl der Wärme in seinem Bett von heute Morgen zu erinnern, aber es gelang ihm nicht.

Die Schranke war schon unten und Herr Paul sah das gelb leuchtende Fahrrad des Postboten hinter einem weißen Lieferwagen stehen.

Der Mann musste ungefähr sein Alter haben und versuchte gerade trotz der Handschuhe an seinen Fingern nach dem Reißverschluss seiner Jacke zu fischen, um ihn bis unters Kinn hochzuziehen. Sein Atem hing in einer weißen Wolke vor seinem Gesicht. Herr Paul ging bis fast zur Schranke vor und stellte sich frierend neben das Fahrrad auf den schmalen Bürgersteig.

»Guten Morgen«, grüßte er.

»Guten Morgen«, erwiderte der Postbote.

Der Zug fuhr vorbei und verschluckte Herrn Pauls nächsten Satz. Er hatte schon Angst, dass es das jetzt gewesen sein würde, und setzte einen Fuß nach vorne, um noch ein Stück neben dem Fahrrad herlaufen zu können, wenn die Schranke nach oben ging.

»Das können Sie vergessen«, sagte der Postbote.

»Wie?«

Herr Paul verstand nicht recht.

»Na, die Schranke bleibt noch unten. Um 07:17 Uhr kommt immer noch der kleinere Regionalzug aus der anderen Richtung. Und weil die so dicht hintereinanderfahren, machen sie sie gar nicht erst hoch, bevor der Zweite nicht auch durch ist.«

»Ach so«, beeilte sich Herr Paul zu sagen. »Das heißt, Sie stehen jeden Morgen hier und warten darauf, dass zwei Züge durchfahren?« Noch während er sie aussprach, wurde ihm bewusst, dass dies keine besonders intelligente Frage gewesen war.

»Na ja, fast immer«, sagte der Mann und stellte jetzt seinen zweiten Fuß vom Pedal auf den Boden. »Manchmal bin ich bisschen im Verzug, aber normalerweise fang ich meine Runde pünktlich an. Will ja auch pünktlich wieder nach Hause.«

Er schwieg kurz. »Nur einmal im Jahr, kurz vor Weihnachten, klappt das nie«, lachte er.

Herr Paul hörte den anderen Zug näherkommen.

»Mögen Sie Weihnachten trotzdem?«, fragte er. Der Postbote schaute etwas irritiert.

»Ich meine, obwohl Sie da so viel mehr arbeiten müssen?«

Der Gesichtsausdruck des Mannes veränderte sich nicht, aber er sagte: »Natürlich, jeder mag doch Weihnachten irgendwie, oder?«

Herr Paul sah auf die erleuchteten Fenster des Zuges, der gerade an ihnen vorbeifuhr. Was für eine blöde Frage. Aber was fragte man auch jemanden, den man absolut nicht kannte und den man aber doch gerne kennenlernen wollte? Eigentlich ging das ja sowieso nicht. Ab wann kannte man jemanden überhaupt? Herr Paul fand, dass er nicht so viele Menschen in seinem Leben wirklich kannte. Er hoffte, dass er seine Frau wirklich kannte und seine guten Schulfreunde, die er meistens freitagabends auf ein Bier traf. Schon bei seinen Söhnen war er sich da nicht mehr so sicher. Seit sie nicht mehr zu Hause wohnten, geschah so viel in ihrem Leben, von dem er nichts wusste, einfach weil er nicht dabei war. Und von seinen Kollegen kannte er auch die wenigsten wirklich. Was hieß denn, jemanden kennen? Die Schranke klackte und bewegte sich dann gefolgt von einem leisen Surren nach oben.

»Wie lange machen Sie den Job denn schon?«, fragte Herr Paul.

»Fast 28 Jahre«, antwortete der Postbote und schwang seine Füße auf die Pedale.

»Das ist ja schon eine ganze Weile«, antwortete Herr Paul und überlegte, was er vor 28 Jahren getan hatte. Da war sein erster Sohn auf die Welt gekommen.

»Und jetzt mach ich damit weiter«, lächelte der Postbote. »Ich wünsch' Ihnen noch einen schönen Tag!«

Und mit diesen Worten trat er in die Pedale, zog den Kopf noch ein wenig tiefer an die Schultern und fuhr hinter dem Lieferwagen über die Bahnschwellen die Straße entlang.

Herr Paul hob zum Abschied grüßend die Hand. Dann stand er unschlüssig vor dem Bahnübergang. Die großen Briefumschläge, die aus den Fahrradtaschen herauslugten, wippten auf und ab.

Herr Paul wusste nicht so recht, ob er mit der Unterhaltung zufrieden sein sollte oder nicht. Aber was erwartete er? Dass die Menschen stehen blieben und sich drei Stunden Zeit nahmen, um ihm ihre Lebensgeschichte zu erzählen? Er war sich sicher, dass auch er das nicht getan hätte. Während er noch unschlüssig am Straßenrand stand und überlegte, ob er den Postboten damit schon abhaken konnte, fielen ihm wieder die vollen Fahrradtaschen ein. Wie viele Briefe dieser Mann wohl in den letzten Jahren, ja Jahrzehnten, ausgetragen hatte? Herr Paul hätte es gerne ausgerechnet, aber als er den Stift und sein Notizbuch in der Hand hielt, fiel ihm auf, dass er absolut nicht schätzen konnte, wie viele Briefe wohl in die Taschen passen würden und sein Endergebnis so oder so nur sehr vage bleiben würde.

Er erinnerte sich, dass er als Kind immer das Gefühl gehabt hatte, viel zu wenig Post zu bekommen. Ab und zu war ein Brief von seiner Großmutter dabei gewesen oder zum Geburtstag ein Paket und er hatte seine Eltern immer um die vielen an sie adressierten Umschläge beneidet. Erst als er selbst erwachsen gewesen war, war ihm klar geworden, dass die meisten Briefe, die Erwachsene so bekamen, nichts mit den netten Zeilen von der Großmutter gemein hatten. Er hatte eigentlich nie gerne Briefe geschrieben, aber bekommen hatte er immer gerne welche. Herr Paul beschloss, wieder Richtung nach Hause zu fahren und auf dem Weg dorthin zwei Postkarten für seine Söhne zu besorgen und abzuschicken. Und vielleicht auch eine an einen Freund, der noch immer in der Stadt wohnte, in der seine Großmutter gelebt hatte. Also ging er zurück zum Bahnhof, um auf den nächsten Zug zu warten.

Als der Zug einfuhr, war er froh ins Warme zu kommen. Der Nebel hatte sich noch immer nicht ganz verzogen. Er stieg an Station 4 wieder aus. Der Gitarrenspieler war noch nicht da. Herr Paul durchquerte die Bahnhofshalle und steuerte die Fußgängerzone an. Es war noch immer früh, aber die ersten Läden stellten bereits Rollwagen mit Waren vor die Türen.

Herr Paul trank noch einen Tee in einer Konditorei, die fantastische Kuchen im Schaufenster stehen hatte. So schön, dass man sich gar nicht traute ein Stück zu bestellen, aus Angst die Kunstwerke könnten angeschnitten und damit zerstört werden.

Dann flanierte er ein wenig durch die Fußgängerzone, durchstöberte die Buchläden und hielt nach schönen Postkarten Ausschau. Er entschied sich schließlich für welche mit schwarzweißen Fotografien.

Außerdem besuchte er den größten Drogeriemarkt, um neue Socken zu besorgen. Ihm war wieder eingefallen, dass er am Morgen noch mit seiner Frau darüber gesprochen hatte, dass er dringend welche benötigte. Die Stadt war groß genug, dass es hier Läden gab, die sich über mehrere Stockwerke erstreckten, die mit Rolltreppen verbunden waren. Er hatte immer gefunden, dass Rolltreppen ein Rückschritt der Menschheit gewesen waren. Wer war auf die verrückte Idee gekommen, Treppen zu bauen, die man nur in eine Richtung benutzen konnte? Und außerdem blieben die Menschen immer darauf stehen und Herr Paul mochte das nicht. Er war niemand, der immer hetzte, aber er mochte es auch nicht zu trödeln.

Er kaufte fünf Paar neue Socken (eines davon orange) und machte sich dann auf den Rückweg. In dem Café in der Bahnhofshalle, in dem er gestern schon gesessen hatte, schrieb er die Postkarten.

Er überlegte kurz, ob er seinen Söhnen von der Liste in seinem Notizbuch erzählen sollte, beschloss dann aber, dass dies etwas mehr Erklärung verlangte, als auf so eine kleine Karte passen würde, und berichtete stattdessen vom neuen Baby der Nachbarn. Außerdem wollte er es zuerst seiner Frau erzählen.

Auf eine Karte schrieb er einen Ausschnitt aus dem Liedtext, den er sich gestern notiert hatte. Er klebte die Briefmarken, die er eben gekauft hatte, auf die Karten und hielt nach einem Briefkasten Ausschau. Im Bahnhof gab es keinen. Also legte er die Karten fein säuberlich vorne in sein Notizbuch (sie standen ein bisschen über) und beschloss, sie daheim einzuwerfen. Der Musiker saß bereits wieder an seinem Stammplatz und stimmte gerade die Gitarre. Auf dem Bahnhofsvorplatz hatte ein leichter Wind den Nebel des Morgens vertrieben und die Sonne bahnte sich langsam aber sicher ihren Weg.

Herr Paul grüßte den Gitarristen, wechselte ein paar Sätze mit ihm über das Wetter und musste sich dann beeilen, um den nächsten Zug noch zu erreichen. Mit dem orangenen Stift setzte er einen Haken hinter *Postbote an Schranke nach Station 5.*

VII

Am Abend war Herr Paul alleine zu Hause gewesen (dienstagabends ging seine Frau immer zur Chorprobe). Er hatte sich einen Film im Fernsehen angesehen und war früh zu Bett gegangen. Eigentlich grübelte er über das nach, was er gerade tat, und von diesen Gedanken kam er immer viel zu schnell auf andere, größere Gedanken über die Welt und das Leben. Aber manchmal hatte er keine Lust, große Gedanken zu haben, denn sie konnten einen niederschmettern und zur Verzweiflung bringen. Je länger er über die Welt nachdachte, desto sicherer war er, dass er sie nie verstehen würde. Also hatte er sich mit einem Film betäubt, allein Gedanken an die flache Geschichte auf dem Bildschirm verschwendet und gehofft, seine Frau würde bald heimkommen. Herr Paul mochte es nicht, wenn sie abends weg war, er fand ihre Anwesenheit ungeheuer beruhigend, auch wenn er ihr das nie gesagt hatte. Denn er hatte Angst, sie würde dann irgendwann nur seinetwegen nicht mehr dorthin gehen, wohin sie wollte.

Als sie nach Hause gekommen war, hatte er schon geschlafen.

An diesem Morgen war es noch ein wenig kälter als an den Tagen zuvor, aber der Himmel strahlte blau über dem leichten Herbstwind. Herr Paul blickte aus dem Fenster und fragte sich, wie es wohl wirken würde, wenn der Himmel grün oder hellrot wäre. Dann griff er zu seinem Schal und seiner Aktentasche, achtete darauf, dass die Enden des Schals zu beiden Seiten ungefähr gleichlang herunterfielen, und ging zum Bahnhof. Die rothaarige Schaffnerin (Elena Schermann!) kontrollierte die Tickets, warf auf seines aber nur einen flüchtigen Blick. Sie erkundigte sich nach seinem Befinden und ging dann mit leichten Schritten weiter.

Herr Paul sah auf sein Notizbuch. Unter *Postbote an Schranke nach Station 5* stand *rote Tasche am Busbahnhof Station 7*. Gestern Abend hatte er allerdings beschlossen, zuerst die

Fabrikhalle aufzusuchen, die er etwas weiter darunter gekritzelt hatte. Sie lag im Industriegebiet bei Station 6. Es musste ja schließlich alles seine Reihenfolge und Ordnung haben. Herr Paul sah aus dem Fenster. An der Schranke hinter Station 5 stand heute Morgen kein gelbes Fahrrad, aber er war auch zu spät dran.

An Station 6 stieg er aus. Die Fabrikhallen im Industriegebiet lagen am anderen Ende des Ortes und Herr Paul stand eine kurze Zeit etwas unschlüssig vor dem Bahnhofsgebäude, bis er einen Herrn mit Brille und Aktentasche nach dem Weg fragte. Es dauerte eine ganze Weile, bis Herr Paul das Ende des Ortes erreicht hatte und zwischendrin warf er sogar einen Blick in sein Notizbuch, um nachzusehen, ob er nicht noch etwas notiert hatte, das ihm helfen würde, die richtigen Hallen zu finden. Hatte er nicht. Aber eigentlich musste er ja nur die Hallen finden, die an der Rückseite an die Bahnschienen angrenzten, sagte er zu sich.

Das Industriegebiet war zwar nicht besonders groß, aber es sah aus, wie Industriegebiete überall in der Gegend aussahen. Es gab Autohäuser und graue Blöcke, Werkstätten und neue, große Parkplätze. Es gab Einfahrtstore und LKWs und moderne Schriftzüge.

Herr Paul suchte nach Schienen. Hinter der Straßenkurve stand ein hellgraues Haus. Mit grünen Plastikbuchstaben stand »Präzisionstechnik« an der Fassade. Herr Paul steuerte darauf zu, weil er die Schienen in dieser Richtung vermutete.

Das Werksgelände war nicht abgesperrt und auf dem Parkplatz neben einem großen Fenster, hinter dem sich ein leeres Büro befand, standen ein paar Autos. Herr Paul ging um das Gebäude herum, vorbei an Garagen und einem Lieferwagen. Hinter dem Gebäudekomplex gab es eine große Freifläche und Werkstätten, aus deren gekippten Fenstern Radiomusik dudelte, unterbrochen von dem schrillen Geräusch einiger Maschinen, die Metall zu bearbeiten schienen. Und hinter einem schmalen Zaun entdeckte Herr Paul die Gleise.

Er betrachtete das Haus. Ja, an diesem Gelände war er schon so oft vorbeigefahren und er hatte sich immer gefragt, was genau hier eigentlich hergestellt wurde. Er hatte nur eine sehr vage Vorstellung davon, was Präzisionstechnik überhaupt war. In einem der Fenster erschien das Gesicht eines Mannes. Herr Paul überkam ein mulmiges Gefühl. Durfte er überhaupt einfach so das Firmengelände betreten? Aber es war ja nichts abgesperrt gewesen.

Eine Tür ging auf und der Mann kam auf ihn zu. Seine Schritte waren bestimmt, aber sein Gesicht freundlich.

»Kann ich Ihnen irgendwie helfen?«, fragte er, als er direkt vor Herrn Paul stehen blieb.

Herr Paul nickte.

»Ich ... ich interessiere mich für Ihre Produktion und ...«, er deutete mit dem Kopf Richtung Halle, »... Ihre Fertigungsstätten.«

Der Mann lächelte und streckte ihm die Hand entgegen. »Reichert, mein Name. Sind Sie der nette Herr, der letzte Woche den Termin absagen musste, Herr ...?«

»Paul«, sagte Herr Paul. »Aber ich hatte keinen Ter...«

»Herr Paul, dann kommen Sie mal mit!« Mit der Hand bedeutete er ihm, ihm zu folgen. »Sie hätten ruhig auch vorne durch die Vordertür kommen können. Wir haben da einen Empfang. Aber gut, manchmal sind so unbekannte Gebäude ja etwas unübersichtlich. Sind Ihre Auftragsvorstellungen denn unverändert? Hier lang bitte!«

Er schloss die erste Tür hinter ihnen und wies auf eine blaue Stahltür, hinter der sich ein kleines Büro befand. Rechts gab eine Wandöffnung den Blick auf große Maschinen frei. Als Herr Paul bemerkte, dass er offensichtlich für einen Kunden oder potenziellen Käufer gehalten wurde, wusste er zunächst nicht, was er sagen sollte.

Der Mann deutete auf einen Stuhl.

»Herr Reichert«, begann er, »das ist sehr

freundlich von Ihnen. Aber da liegt ein Missverständnis vor.«

Er fuhr mit den Fingern etwas nervös an seiner Aktentasche entlang. Herr Reichert deutete auf die Kaffeemaschine.

»Kaffee?«, fragte er.

Herr Paul nickte. »Furchtbar gerne. Aber sehen Sie, ich bin nicht hier, um ... ich bin kein Kunde von Ihnen.«

»Aber Sie wollen vielleicht einer werden«, fiel Herr Reichert ihm ins Wort.

Herr Paul winkte ab: »Nein, leider nicht einmal das. Ich kenne mich überhaupt nicht aus mit ... Präzisionstechnik. Ich bin lediglich ... wissen Sie, ich fahre immer mit dem Zug an Ihrem Gelände vorbei und bin seit Jahren neugierig darauf, was Sie hier eigentlich tun. Und deswegen wollte ich mir das mal anschauen. Ich komme beruflich aus einem ganz anderen Bereich.«

Herr Reichert stellte die Kaffeetasse vor ihm auf den Schreibtisch.

»Ach so«, sagte er, »ja, wenn das so ist ...«

»... werde ich besser gehen«, beendete Herr

Paul den Satz und erhob sich. »Sie warten ja auf Ihren Kunden. Und Sie haben sicher anderes zu tun.«

»Ach«, Herr Reichert winkte ab, »Sie können trotzdem Ihren Kaffee austrinken. Jetzt steht er ja schon da. Und außerdem ... wer weiß? Vielleicht werden Sie ja mal Kunde?«

Er lächelte verschmitzt.

Es war schon spät, als Herr Paul sich wieder auf den Heimweg machte. Hinter der *Fabrikhalle* in seinem Notizbuch befand sich ein fein geschwungener orangefarbener Haken. Er wusste gar nicht so recht, wie es dazu gekommen war, aber Herr Reichert hatte ihn in den Hallen herumgeführt und schlussendlich war Herr Paul sogar zum Mittagessen geblieben. Von der kleinen Kantine der Firma konnte man auf die Gleise gucken. Daneben standen vor weiteren Hallen riesige Container, die am nächsten Tag von mehreren Lastern abgeholt werden würden. Herr Paul hatte gefragt, wohin sie geliefert würden und sich interessiert die

Weltkarte im Eingangsbereich angesehen.

Obwohl die Firma nicht groß war, lieferte sie doch in weit entfernte Länder und Regionen, Kleinteile für die »Automobilindustrie und den Landmaschinenbau«, wie Herr Reichert erzählt hatte.

Herr Paul sah aus dem Zugfenster und versuchte sich vorzustellen, wie die Container auf riesige Schiffe geladen und eine unendliche Anzahl von Kilometern auf dem Rücken des Meeres zurücklegen würden. Sie würden weiter reisen als er jemals in seinem Leben gereist war.

Natürlich war er mit seiner Frau in den Urlaub gefahren, sie hatten europäische Städte und kleine Strände besucht, waren mit ihren Söhnen wandern und schwimmen gewesen und zu den etwas weiter entfernten Zielen sogar geflogen.

Aber Herr Paul hatte noch nie den Kontinent verlassen und verspürte auch nicht die Sehnsucht danach. Es gab noch so viele Dinge, die er hier noch nicht gesehen hatte, warum sollte er da schon woanders weitermachen?

Und als Herr Paul so über sein Leben nachdachte, fragte er sich, ob es so war, weil es ihm so gefiel, oder weil er nicht mutig genug gewesen war. Mutig genug wofür? Er wusste es nicht, aber manchmal fragte er sich, ob es nicht etwas geben musste, was ihm fehlte.

Er kannte so viele Leute, die das über sein Leben gesagt hätten. Darin waren keine besonderen Dinge passiert. Nicht mehr als im Leben der meisten Menschen. Natürlich gab es ein paar Dinge, die er für wichtig erachtete und an die er sich immer erinnern würde. Es gab eine Handvoll Menschen, die ihm wirklich wichtig waren. Aber er hatte kein Leben geführt, über das man ein Buch schreiben würde.

Er erinnerte sich an viele Momente mit seinen Söhnen, Dinge, die er mit seiner Frau erlebt hatte, Gespräche mit Freunden, Hochzeiten, Beerdigungen.

Er erinnerte sich an das erste Mädchen, das er geküsst hatte, damals, in seinem kleinen Zimmer während der Ausbildung, sieben Winter bevor er seine Frau kennengelernt hatte. Es war nichts daraus geworden und so war das Mädchen ihm immer ein Rätsel geblieben. Er hatte den dumpfen Verdacht, dass es ihr mit ihm genauso gegangen war.

Er wandte den Kopf nach rechts. Auf einen schäbigen Brückenpfeiler hatte jemand mit Sprühfarbe einen schiefen Satz gekrakelt:

Ein Happy End haben nur Geschichten, die unvollendet sind.

Hinter dem Zugfenster ging die Sonne unter.

VIII

Der Donnerstagmorgen brachte den ersten Frost des Jahres. Als Herr Paul das Haus verlassen hatte, hatte er seinen Nachbarn leise fluchend die Scheiben seines Autos freikratzen hören.

Die Wiesen links und rechts der Gleise waren überzogen von stumpfweißem Raureif und an manchen Stellen hatten seine Schritte auf dem Weg zum Bahnhof geknirscht. Herr Paul blickte aus dem Fenster. Irgendwo hatte er einmal als Beschreibung für eine Wolke die Worte »ungeheuer oben« gelesen. Er wusste nicht mehr wo, aber er wusste, dass es eine sehr gelungene Beschreibung für so eine einfache Tatsache war.

Schon am Nachmittag würde die Sonne den Frost vertrieben haben, das Jahr war noch nicht alt genug für dauerhafte Kälte. Herr Paul fuhr bis zu Station 7 - in seinem Notizbuch stand *rote Tasche am Busbahnhof Station 7* - und schlängelte sich durch eine Gruppe Grundschüler zu der zweiten

Bushaltestelle von rechts. Wie an so vielen Morgen stand hier eine Frau, er schätzte sie auf Anfang dreißig, die eine leuchtend rote Umhängetasche über ihrer dunklen Daunenjacke trug.

Schon sehr oft war Herrn Paul vom Zugfenster aus das leuchtende Rot ins Auge gestochen. Je nachdem wie früh der Bus dran war, hatte er manchmal gesehen, dass die Tasche mitsamt der Frau im Bus verschwunden war. Er hatte sich schon immer gefragt, wo der Bus wohl hinfuhr. Und wo die Frau ausstieg. Herr Paul blieb neben der roten Tasche stehen.

Die Frau hatte ihre Haare zu einem Pferdeschwanz zusammengebunden und Kopfhörer auf den Ohren. Ihr Zeigefinger wippte im Takt. Ein Windstoß vermischte den Abgasgeruch der Straße mit dem nach frischen Brötchen aus der Bäckerei auf der gegenüberliegenden Straßenseite. Der Bus fuhr vor. Die Grundschüler versuchten, alle gleichzeitig einzusteigen.

Herr Paul löste ein Ticket bis zur Endstation, er wusste ja nicht, wo die Frau mit der roten Tasche aussteigen würde, und ließ sich auf einen freien Sitz fallen. Zwei Reihen vor ihm saß die Frau und blickte aus dem Fenster. Ihre Tasche hatte sie auf den Schoß genommen. Der Platz neben ihr war besetzt von einer älteren Dame, die ihren Rollator am Ende des Ganges abgestellt hatte. Er hätte sich gerne mit der Frau unterhalten und zum Beispiel gefragt, wann sie die Tasche gekauft hatte, aber selbst, wenn er neben ihr gesessen hätte, hätte sie sicher nicht auf einmal aufgehört, Musik zu hören. Das Kabel, das von ihren Kopfhörern wegging und in ihrer Jackentasche verschwand, war auch rot.

Herr Paul zuckte kurz zusammen, als der Busfahrer mit lautem Getöse den Motor startete. Der Bahnhof verschwand aus dem Fenster. Sie durchquerten den Ort, einer der Grundschüler lachte. Ein anderer zog eine Tüte der Bäckerei aus seinem Rucksack. Es war eine braune Papiertüte, die so verheißungsvoll raschelte, wie es nur braune

Papiertüten können.

Herr Paul überlegte, ob er nicht noch mehr hätte frühstücken sollen heute Morgen. Dann nahm er sein Notizbuch aus der Aktentasche und versuchte, die rote Tasche der Dame abzuzeichnen. Er wollte gerne wissen, ob sie seiner Frau gefallen würde. Allerdings war er nicht besonders gut im Zeichnen und der Bus ruckelte, sodass er schnell aufgab und weiter aus dem Fenster sah.

Es dauerte fünf Stationen, bis etwas passierte. Die Frau bat ihre Sitznachbarin, sie hinauszulassen, setzte dann ihre Kopfhörer wieder auf und verließ mit einem großen Satz den Bus.

Herr Paul beeilte sich hinterherzukommen. Die Frau ging mit großen, beschwingten Schritten und er kam ein wenig ins Schwitzen bei dem Versuch, ihr zu folgen. Nach zwei Straßenecken blieb die Frau stehen, nahm die Kopfhörer ab und schlüpfte pfeifend in einen kleinen Blumenladen am Ortsausgang der kleinen Stadt, in der sie sich befanden. Der

Laden hatte noch geschlossen, aber drinnen brannte bereits Licht. Herr Paul lächelte.
Ein Blumenladen. Das war ja fast wie in einem Roman.

Er schlich noch ein wenig um den Laden herum, bevor dieser um acht Uhr öffnete. Dann betrat er ihn mit einem leisen Glockenklingen, kaufte eine Gerbera, die fast die Farbe der Tasche der Frau hatte, lugte um die Ecke in das Lager, um noch einen Blick auf eben jene Dame zu erhaschen, nur um festzustellen, dass sie gerade telefonierte. Er bezahlte die Blume bei ihrer Kollegin und verließ den Laden. Als er wieder auf der Straße stand, machte er das nächste Häkchen in seinem Notizbuch. Er steckte die Blume in die Vordertasche seines Mantels. Dabei kam er sich ein wenig albern vor, daher nahm er sie wieder heraus. Er hatte zwar kein Wort mit der Frau gewechselt, aber er kannte jetzt ihren Arbeitsplatz und er fand, dass das mindestens genauso gut war. Zwar hätte er auch noch gerne gewusst, welche Musik sie gerne hörte, doch er wollte nicht aufdringlich werden. Herr Paul fror ein wenig und überlegte, wie er jetzt weitermachen sollte. Es standen noch drei Zeilen ohne Haken in seinem Notizbuch und der Tag war noch jung.

Vielleicht konnte er noch einen weiteren Haken machen. Langsam schlenderte er zurück zur Bushaltestelle. Er würde eine ganze Weile auf einen Bus zum nächsten Bahnhof warten müssen.

IX

Herr Paul hatte sich entschieden, heute noch den Mann mit den blauen Hemden zu treffen. Dafür war er zurück zum Bahnhof gefahren und bis zu der Station weitergereist, an der der Mann abends immer einstieg. In dem Ort gab es ein kleines Museum, in dem Herr Paul sich den Tag vertrieben hatte, und am Bahnhof eine Buchhandlung, in der er auf den richtigen Zug wartete. Darin war er allein, bis auf eine Familie mit einer kleinen Tochter, Herr Paul schätzte sie auf ungefähr fünf Jahre. Das Mädchen stand mit großen Augen vor dem Comic-Regal, während die Eltern gerade gemeinsam überlegten, ob sie lieber die Wochenzeitung mit den großen Seiten oder das kompakte Nachrichtenmagazin wählen sollten.

Herr Paul blätterte in einem Comic, den seine Söhne immer gern gelesen hatten. Die Gerbera ragte aus seiner Aktentasche. Das Mädchen strahlte ihn an.

»Ich komm bald in die Schule«, sagte sie.

Die Mutter lächelte nervös und zog sie weiter. »Na ja, ein Jahr noch, mein Schatz«, sagte sie mit einem Seitenblick auf Herrn Paul. Dann bückte sie sich, zog den Reißverschluss der Jacke ihrer Tochter noch etwas höher und sagte: »Draußen ist es nicht mehr so warm.« Ihr Mann hatte die Zeitungen bezahlt. Sie hatten beide genommen. Sie bugsierten ihre Koffer an Herrn Paul vorbei zum Ausgang. Das Mädchen winkte.

Herr Paul stellte den Comic zurück und kaufte sich eine Tageszeitung.

Er stand eine ganze Weile zu früh am Bahnsteig. Die Zeitung klemmte unter seinem Arm. Gerade, als er sie in seine Aktentasche zu dem Notizbuch stecken wollte, wurde er unterbrochen:

»Entschuldigung. Haben Sie vielleicht Feuer?«

Herr Paul drehte sich überrascht um und blickte auf einen Mann, der gerade dabei war, seine Jackentaschen nach einem Feuerzeug zu durchsuchen. Es war der Mann mit den blauen Hemden.

»Sicher.«

Herr Paul suchte die Packung Streichhölzer in seiner Tasche. Er hatte meistens welche dabei, er war ein Gelegenheitspfeifenraucher.

»Oh, wie stilvoll«, lächelte der Mann mit einem kaum merklichen, spöttischen Unterton. Er nahm eines der Hölzer aus der Schachtel, entzündete es, hielt die Spitze seiner Zigarette hinein und löschte es mit einer ausufernden Bewegung seines Handgelenkes. Die Flamme erstarb mit dem dafür typischen Geruch.

Dann reichte er Herrn Paul die Schachtel zurück und schnippte das erloschene Streichholz auf die Gleise.

»Kenne nicht viele Leute, die noch Streichhölzer haben«, sagte der Mann zwischen zwei Zügen. Dann machte er einen großen Schritt nach links, bis er in dem gelb umrahmten Kasten, der den Raucherbereich markierte, stand. Herr Paul tat es ihm gleich.

»Hab' neulich Ärger bekommen«, sagte der

Mann schulterzuckend. »Stand meterweit von dem Ding hier weg« - er deutete auf die Linien am Boden und blies den Rauch nach oben, um ihn nicht Herrn Paul direkt ins Gesicht zu pusten.

»Find das immer ein bisschen übertrieben. Aber gut, ich halt mich dran. Wenn's den Rest glücklich macht.«

Er nahm erneut einen tiefen Zug.

»Is' ja auch ungesund, ich weiß.«

Herr Paul schwieg. Er hatte noch gar nicht überlegt, was er den Mann hatte fragen wollen, er hatte damit gerechnet, ihn erst im Zug zu treffen.

»Aber bis der Zug kommt, das reicht meistens für eine Kippe. Manchmal zwei.«

Der Mann blickte die Gleise entlang.

»Rauchen Sie auch?«

Herr Paul schüttelte den Kopf, dann nickte er.

»Ich meine, wegen der Streichhölzer«, sagte der Mann und deutete auf die Aktentasche, in der die Streichhölzer verschwunden waren.

»Na ja«, begann Herr Paul, »ab und zu rauche

ich eine Pfeife.«

»Ich sag ja, stilvoll«, grinste der Mann, »ah, da kommt er.«

Er warf die Zigarette auf den Boden, trat sie aus und deutete nach rechts. Der Zug fuhr ein.

»Müssen Sie auch?«

Herr Paul nickte. Gemeinsam gingen sie zur Tür, ließen zwei ältere Damen aussteigen und betraten den Zug. Herr Paul setzte sich, der Mann neben ihn. Er zog seine Jacke aus und legte sie auf den Sitz gegenüber.

Er trug tatsächlich ein blaues Hemd heute. Herr Paul lächelte.

»Ich kenn' Sie doch«, sagte der Mann. »Sie fahren öfter mit dem Zug, oder? Aber Sie steigen nie hier ein. Meistens sitzen Sie schon hier.«

Herr Paul freute sich, dass der Mann ihn erkannt hatte.

»Richtig«, sagte er. Er überlegte kurz, ob er noch ein »ich bin heute extra wegen Ihnen hier eingestiegen«, hinterherschieben sollte, fand das dann aber seltsam. Deswegen entschied er sich für ein »schon verrückt, dass man jahrelang nebeneinander im Zug sitzt und sich gar nicht kennt.«

»Ja«, sagte der Mann nachdenklich, »komisch.«

Für einen kurzen Moment schien er abwesend zu sein.

Auf dem Sitz neben ihnen lag eine Zeitung. Irgendjemand hatte das Zahlenrätsel darin ausgefüllt. Die Zahlen waren hastig notiert worden, aber wahrscheinlich nur aus Routine, nicht etwa aus Eile. Der Zug war verhältnismäßig leer. Am anderen Ende des Abteils saß eine junge Frau mit einem Laptop auf dem Schoß. Sie hatte die Füße aufgestellt, damit er nicht herunterrutschte. In der linken Hand hielt sie eine Wasserflasche, mit der rechten ihr Handy ans Ohr.

»Ja«, konnte Herr Paul hören.

Dann ein Lachen.

»Ich schreib dir gerade eine E-Mail.«

Sie lachte wieder.

Herrn Paul beruhigte es, dass es klang, als

spräche sie mit einer alten Freundin und nicht mit jemandem, für den sie arbeitete.

Der Mann mit den blauen Hemden räusperte sich.

»Ja, schon komisch«, bekräftigte er.

»Was führt Sie denn in den Zug jeden Abend?«, fragte Herr Paul.

Der Mann lachte. »Die Arbeit. Oder die Liebe, wie Sie wollen.«

»Und was arbeiten Sie?«

»Ach, in so einer kleinen Softwarefirma, hier, ganz nah am Bahnhof. Zug lohnt sich also. Und hierhinziehen geht nicht. Meine Freundin arbeitet ganz woanders. Und da haben wir eben die Mitte gewählt. Wohnen zusammen. Da nimmt man eben auch einen Arbeitsweg in Kauf.«

Er machte eine Pause.

»Wird bei Ihnen doch ähnlich sein, oder? Sie sind doch auch immer in dem Zug.«

Herr Paul nickte. »Ja ja, die Arbeit«, sagte er.

»Manchmal nervt es mich«, begann der Mann. »Wissen Sie, ich muss jeden Tag zwei Mal umsteigen. Am Bahnhof warten. Zeitverschwendung. Nach zwei Zigaretten langweilt man sich doch.«

Herr Paul griff in seine Aktentasche und nahm die Streichholzschachtel heraus.

»Hier«, sagte er, »damit es nachher beim Umsteigen auf jeden Fall auch zwei werden können.«

X

Am Freitag nahm Herr Paul einen Zug später als sonst. Er bereute es bald, denn dieser hier hatte eine deutliche Verspätung und unter den Wartenden am Bahnsteig machte sich eine genervte Anspannung breit. Es versprach ein schöner Tag zu werden, aber noch hatte es niemand bemerkt. Als der Zug endlich einfuhr, ließ Herr Paul sich seufzend auf einen leeren Platz fallen. Er stellte seine Aktentasche ordentlich zwischen seine Füße und lehnte sich zurück. Er würde bis zur vorletzten Station fahren heute, also hatte er Zeit, es sich bequem zu machen. Auf dem Vierer diagonal über den Gang kicherte ein älteres Paar, als wäre es frisch verliebt. Ihm gegenüber saß jemand in Anzug und Krawatte und mit einem Blick durch die verschmierten Fensterscheiben stellte Herr Paul fest, dass dem Herrn heute sicherlich zu warm werden würde.

Der bekannte Flusslauf glitzerte unter den morgendlichen Sonnenstrahlen und bei Frau

Katz waren schon die Vorhänge zurück-
gezogen. Herr Paul musste lächeln, obwohl er
nicht so recht wusste, warum. Der Mann mit
der Krawatte wurde ersetzt durch einen
Kopfhörerträger, der das ganze Abteil
beschallte. Herr Paul fragte sich, wozu er
dann überhaupt Kopfhörer trug, aber das
Gesicht unter den Kopfhörern strahlte so
sehr bei jedem Ton, dass er es ihm irgendwie
nicht übelnehmen konnte.

Zwei Stationen später stritten sich zwei
Halbstarke über irgendetwas, von dem
niemand so richtig wusste, worum es ging.
Egal, was der eine sagte, der andere hatte
immer eine Antwort parat und der Tonfall
wurde mit jedem Satz gereizter. Vielleicht,
dachte Herr Paul sich, sind die einzigen
Menschen, die Antworten auf alles haben,
diejenigen, die noch nie mit den wahren
Fragen konfrontiert wurden.

Wenn er nicht gewusst hätte, dass der
Sommer bereits vorüber war, hätte er sich
einbilden können, draußen vor den Fenstern

des Zuges läge ein Frühlingstag. Die Landschaft zog vorbei und je mehr sich der Zug der vorletzten Station näherte, desto mehr kribbelten Herrn Pauls Finger und Füße. Es fehlte nicht mehr viel auf seiner Liste.

Der Bahnhof, an dem er ausstieg, war unsagbar hässlich. Bahnhöfe waren immer hässlich, aber dieser hier war ein besonders furchtbares Exemplar. Kahle Betonwände starrten so gleichgültig auf die Schienen herab, dass Herr Paul sich beeilte, möglichst schnell in Richtung der Schrebergärten zu verschwinden. Für gewöhnlich kamen sie ein kurzes Stück hinter dem Bahnhof in Sicht, sie konnten also nicht allzu weit weg sein.

Herr Paul ging mit schnellen, bestimmten Schritten in die Richtung, in die er die Gärten vermutete, die immer so akkurat und leuchtend-grün-verheißungsvoll durch die dreckigen Zugscheiben schimmerten.

Nach einer Weile wunderte Herr Paul sich.

Die Straße mündete in einen kleinen Parkplatz, der von einem schmalen Holzzaun umgeben war. Der enge Wendekreis der Einbahnstraße war gesäumt von Einfamilienhäusern, die alle in gleicher Ausrichtung und Dachneigung wahrscheinlich vom selben Architekten gebaut oder zumindest vom selben Bauamt genehmigt worden waren.

Herr Paul konnte sich ein Lächeln nicht verkneifen. Es sah aus, wie es in unzähligen Wohngebieten aussieht, eine Mischung aus Friedfertigkeit, Alltag und Normalität, das unaufgeregte Leben eben, hinter dem sich so viele individuelle Menschen und Geschichten verbargen. Hinter den Gardinen regte sich nichts. Wer war auch schon an einem Freitagmorgen zu Hause? Herr Paul fragte sich unwillkürlich, welche Musik die Bewohner des linken Hauses wohl hörten und ob die Familie in Haus Nummer 8 wohl glücklich war. Wie wahrscheinlich war es wohl, dass dort schon lange niemand mehr geweint hatte? Vielmehr: Wie wahrscheinlich war es, dass die Menschen darin glücklich waren?

Es konnte einem so viel zustoßen im Leben, da war es doch viel unwahrscheinlicher tatsächlich glücklich zu werden oder zu sein.

Die Unwahrscheinlichkeit des Glücks. Wenn Herr Paul die Begabung dafür gehabt hätte, hätte er gerne einmal ein Buch geschrieben, das so hieß.

Aber Glück hin oder her - er war hier falsch. Die Straße war eine Sackgasse geworden und eine Schrebergartensiedlung hatte er nirgendwo gesehen.

Herr Paul machte kehrt und ging ein gutes Stück des Weges zurück. An einer Kreuzung fragte er einen Spaziergänger mit Hut und dunkelgrüner Jacke, welche Straße zu den Schrebergärten führe. Der ältere Herr brauchte einige Sekunden, aber dann wies er in eine Seitenstraße und erklärte Herrn Paul, welche Kreuzungen er beachten müsse. Sein Hund kläffte dabei. Herr Paul ignorierte es und bedankte sich. Jetzt endlich fand er die Schrebergärten, ohne sich noch einmal zu verlaufen.

Den Eingang zur Siedlung verschloss ein altmodisches, gusseisernes Tor, an dem allerhand Verbotsschilder angebracht waren. Herr Paul öffnete es vorsichtig. Es quietschte nicht so laut, wie er erwartet hatte. Irgendwo hatte jemand eine Motorsäge angeworfen und rückte wahrscheinlich einem Baum zu Leibe. Über den Hecken erstreckte sich ein endloser Himmel. Von seinem Platz am Schreibtisch aus sah Herr Paul normalerweise durch das Fenster immer nur ein bestimmtes Stück vom Himmel. Es war jeden Tag dasselbe Stück, aber es hatte noch nie gleich ausgesehen. Selbst das strahlende Himmelblau des Sommers hatte Farbnuancen. Der Himmel über den Schrebergärten sah aus wie das satte Blau eines Kindermalkastens. Herr Paul ging in Richtung Motorsäge.

Gartenzwerge und Holzbänke standen aufgereiht neben Mini-Gewächshäusern, aufgeblasenen Kinderplanschbecken und bunten Plastikwindrädern. Manche Gärten hatten eine Grillstelle, wieder andere einen kleinen Brunnen, die meisten ein

Gartenhäuschen aus dunklem Holz.

Beerensträucher und Obstbäume standen windschief neben akkuraten Gemüsebeeten. Das Ende des Sommers war eine gute Jahreszeit für Gärten. Sie hatten alles gegeben und konnten sich jetzt auf die Winterruhe freuen.

Die Motorsäge verstummte. Hinter einem Gartenhaus trat ein Mann in seinem Alter hervor. »Kann ich helfen?«, fragte er, aber es klang nicht besonders freundlich.

»Ich ...«, begann Herr Paul.

»Wenn Se 'ne Parzelle mieten wollen, muss ich Se enttäuschen«, sagte der Mann. »Is' alles voll. Also vergeben.«

Er deutete mit der Spitze seiner Motorsäge auf das Gelände hinter Herr Paul. »Also brauchen Se sich nich' weiter umschau'n.«

»Ich ...«, begann Herr Paul wieder, »Ich ... äh ... ja, natürlich. Vielen Dank.«

Der Mann nickte kurz, schob das Plastikvisier seines Helmes wieder herunter und machte einen großen Schritt auf den alten, morschen

Baumstamm zu, der vor ihm im Gras lag. Scheibe um Scheibe wurde er kürzer. Und die fliegenden Sägespäne rochen, wie nur frisch geschlagenes Holz riechen kann: nach einer Mischung aus Süße und Schwere.

Hinter der Schrebergartensiedlung lagen die Bahngleise. Auf der anderen Seite war sie von einem schmalen Bach begrenzt, dessen nasskühler Geruch Herrn Paul in die Nase zog. Er erinnerte sich, wie er einmal mit seinem jüngsten Sohn eine Diskussion darüber geführt hatte, ob man Wasser riechen könne. Der Kleine hatte vor seinem Sprudelglas gesessen und natürlich vehement verneint, aber Herr Paul erinnerte sich zu lebhaft an den Geruch des ersten Sommerregens im Jahr und den des Meeres, als dass er ihm hätte zustimmen können.

Ihm war ein bisschen kalt, denn gerade stand er im Schattenfleck einer Wolke, so wie einem im Winter kalt wird, wenn man jemanden ohne Mantel sieht. Aber die Wolken zogen schnell weiter und schon bald konnte er sein

Gesicht wieder in die Sonne halten.

Herr Paul sah sich um. Er wusste nicht so recht, wohin er jetzt sollte. Der Mann mit der Motorsäge hatte nicht unbedingt den Eindruck gemacht, als ob er sich mit ihm unterhalten wollte. Und eigentlich war er doch nur hergekommen, um die Gärten anzusehen. Ihm fiel auf, dass ein Freitagmorgen zudem ein denkbar schlechter Zeitpunkt war, um in einer Schrebergartensiedlung Leute anzutreffen. Da wäre ein Freitagnachmittag oder sogar ein spätsommerlicher Samstag wesentlich besser gewesen.

Im Garten direkt vor ihm hatte jemand Sonnenblumen angepflanzt. Die Blüten hatten den Höhepunkt ihrer Schönheit schon überschritten. Kein Wunder, es hatte ja sogar schon Frost gegeben. Herr Paul mochte Sonnenblumen, vielleicht weil es die Lieblingsblumen einer Frau waren, die er mal sehr geliebt hatte. Irgendwie waren sie für ihn die Erinnerung an eine Hoffnung, die nicht in

Erfüllung gegangen war. Wenn er damals gewusst hätte, was er jetzt wusste…

Es war interessant, wie das Ende einer Geschichte sie beeinflusste. Es blieb die gleiche Geschichte, aber wenn man das Ende kannte, veränderte sich ihre Bedeutung. Er ließ seine Gedanken schweifen. Er fragte sich, ob andere Menschen auch manchmal solche Gedanken hatten wie er.

»Kennst du das, wenn man sich ausmalt, wie man in Zukunft auf das 'Jetzt' als Vergangenes blickt?«, hatte er die Frau mit den Sonnenblumen einmal gefragt. Sie hatte gelächelt und den Kopf geschüttelt, mit diesem Ausdruck in den Augen, den viele Menschen besaßen, wenn man genau hinsah. Irgendwas zwischen unerschütterlicher Hoffnung und Unsicherheit.

Es war Zeit nach Hause zu fahren. Andererseits wollte Herr Paul unbedingt noch sehen, wie die Gärten in das besondere Licht getaucht werden würden, wenn die Schatten länger wurden und die Strahlen der

Sonne dieses warme Orange bekamen, das selbst die schlimmen Dinge im Leben mit Gold überziehen konnte.

Er entschloss sich also zu einem Spaziergang und streifte bis zum Nachmittag über die angrenzenden Felder, die zum größten Teil schon abgeerntet waren, und versuchte nicht mehr so viel an die Frau mit den Sonnenblumen zu denken, weil er dadurch das Gefühl hatte, seiner Frau gegenüber ungerecht zu werden.

Aber auch wenn die Tage immer kürzer wurden, der Sonnenuntergang würde noch eine ganze Weile auf sich warten lassen. Also machte Herr Paul sich langsam auf den Weg zum Bahnhof. Verstohlen pflückte er ein paar Blumen an einem Zaun, um sie seiner Frau mitzubringen. Er würde sie zu der Gerbera von gestern stellen. Beim Rückweg verlief er sich nicht.

XI

Die stickige Luft des Zugabteils empfing ihn mit dem Gefühl der Gewohnheit. Der Zug stand noch eine ganze Weile am Bahnhof, bevor er sich in Bewegung setzte. Herr Paul stand einen Moment neben einer der hellblauen Haltestangen im Türbereich, bevor er sich setzte. Der Waggon war erstaunlich leer für einen Freitagnachmittag und die einzigen, die wirklich Radau machten, waren drei kleine Jungs, die ihrer Ausrüstung und Unterhaltung nach wohl gerade vom Schwimmen kamen. Herr Paul erinnerte sich an das Gefühl aus seinen Kindertagen, nur müde von Sonne und Wasser zu sein, wie an den Geschmack eines längst vergangenen Kusses.

Er versuchte, sich seine Liste auswendig ins Gedächtnis zu rufen. Wenn er sich recht erinnerte, fehlte jetzt nur noch das Liebespaar, das er letzte Woche ganz zum Schluss auf die Liste gesetzt hatte. Die letzten Tage hatte er die beiden nirgendwo auf der Strecke wiedergesehen. Sein Fragezeichen war wohl berechtigt gewesen. Herr Paul verlor sich kurz in Gedanken darüber, wer die beiden wohl gewesen sein könnten und wohin sie gegangen waren. Er fragte sich, was sie wohl gerade taten, und er versuchte sich vorzustellen, wie sie wohl sein würden, wenn sie einmal so alt sein würden wie er. Dann schüttelte er den Kopf. Es war ein bisschen, wie wenn man sich am Ende eines Filmes ausmalte, was wohl mit den Figuren geschehen würde, wenn der Abspann vorbei war, ob sie heimlich auf der Leinwand weiterlebten und wie ihre Geschichte weiterging, wenn sie niemand mehr erzählte. Er würde es nie erfahren. Aber in diesem Fall war das in Ordnung. Es stand ja ein Fragezeichen dahinter, er konnte sie trotzdem abhaken.

Herr Paul zog sein regenwolkengraues Notizbuch hervor und kramte den neuen, orangefarbenen Stift, den ihm der Straßenmusiker gegeben hatte, aus der Tasche seines Sakkos. Vorsichtig fuhr er mit dem Finger durch die Seiten und dann langsam, als wolle er durch all die Langsamkeit der Sache eine besondere Bedeutung beimessen, setzte er hinter den letzten Punkt auf seiner Liste einen Haken.

Eine Welle seltsamen Gefühls überrollte ihn, etwas, das er nicht so richtig einordnen konnte, irgendwo zwischen Ratlosigkeit, Erleichterung und vielen unbeantworteten Fragen. Das war es also gewesen. Nächste Woche würde er wieder zur Arbeit können und an der Station aussteigen, an der er sein ganzes Leben lang ausgestiegen war.

Seine Frau würde sich nicht mehr wundern, wenn er zu ungewohnten Zeiten nach Hause käme und seine Kollegen nicht mehr besorgt um ihn sein. Er blickte aus dem Fenster. Am Bahnsteig wartete ein Mann mittleren Alters auf jemanden. Er hatte einen Strauß Blumen in der Hand. Herr Paul beschloss, gleich heute Abend seiner Frau von all seinen Begegnungen zu erzählen und wunderte sich, warum er das eigentlich nicht schon längst getan hatte. Er musste an die Sonnenblumen aus dem kleinen Garten denken. Der Himmel verfärbte sich langsam in das feine Gelb, das kurz vor dem Orangerot des Abends kommt, und Herr Paul verstaute den Stift wieder sorgfältig.

Er dachte an die letzte Woche und die nächsten Jahre. Er dachte daran, dass die Schrift in seinem Notizbuch die Farbe geändert hatte und dass Frau Katz Dackel mochte.

Und auch wenn Herr Paul nicht so richtig wusste, wie es sein würde, in der nächsten Woche wieder arbeiten zu gehen, wie es sein würde, seiner Frau alles zu erzählen und wie es sein würde, ab jetzt orangefarbene anstatt der schwarzen Wörter in seinem Notizbuch zu haben, und er doch eigentlich ein Mann war, der es nicht gern hatte, wenn er nicht wusste, wie es sein würde, trat Herr Paul mit einem Lächeln auf den abendlichen Bahnsteig.

Zeitfracht Medien GmbH
Ferdinand-Jühlke-Straße 7
99095 Erfurt, Deutschland
produktsicherheit@kolibri360.de